永远的铁人

百集经典故事

《永远的铁人——百集经典故事》编委会 ◎ 编

石油工业出版社

内 容 提 要

《永远的铁人——百集经典故事》采用绘本形式,通过精心编写的文字和300余幅配图,多视角呈现了王进喜从玉门来到大庆油田参加石油会战后的100个小故事。阅读此书,仿佛回到了那个如火如荼、艰苦创业的峥嵘岁月。铁人王进喜是中国石油工业的杰出代表,他在短暂的一生中,为中国的石油工业做出了不可磨灭的贡献,他的精神风范和人格力量感染着每一个人。

图书在版编目(CIP)数据

永远的铁人:百集经典故事/《永远的铁人——百集经典故事》编委会编 .—北京:石油工业出版社,2024.4(2024.11重印)

ISBN 978-7-5183-6638-5

Ⅰ.①永… Ⅱ.①永… Ⅲ.①故事-作品集-中国-当代 Ⅳ.① I247.81

中国国家版本馆 CIP 数据核字(2024)第 074731 号

出版发行:石油工业出版社
    (北京安定门外安华里 2 区 1 号楼 100011)
    网 址:www.petropub.com
    编辑部:(010)64523773
经 销:全国新华书店
印 刷:北京中石油彩色印刷有限责任公司

2024 年 4 月第 1 版 2024 年 11 月第 3 次印刷
710×1000 毫米 开本:1/16 印张:27
字数:400 千字

定价:238.00 元
(如出现印装质量问题,我社图书营销中心负责调换)

版权所有,翻印必究

《永远的铁人——百集经典故事》
编委会

主　　任：于慧群
副 主 任：李洪福
委　　员：刘　科　于广勇　杜佰龙　许兰付　雷　荣　王新庆

《永远的铁人——百集经典故事》
创作组

主　　编：李洪福
副 主 编：于　凡　朱　蕾
绘　　画：董新杰
设　　计：吕　鹏
成　　员：穆　冬　姜　涛　魏　佳　董延波　曹林鹏　孙玉嫔
　　　　　赵　菲　戴丽娜　邢瀚文　李佳南　王　婧　张婧頔
　　　　　马　琳　李玉明　李永峰　刘淑婧　杨中华　白庆海
　　　　　满丽娜　孙楠茜　刘轶群　焦　蕾　高　原　孙慧君
　　　　　赵朝升　黄　佳　余舰金　接铁程　赵　琦　李聪睿
　　　　　陈　宇　孙若飞　王　魁　许　庆　刘　彤　王剑英
　　　　　张　爽　张海平　郭海波　何东昌　张维玮　刘　薇
　　　　　纪思明　宋　玮　梁智刚

序

永远的铁人　不朽的丰碑

  1959年，中国的原油产量只有373.3万吨。国家因为缺油，连首都的公共汽车都背着厚厚的煤气包。石油短缺成为国家建设和经济发展最主要的障碍。

  这一年，一场规模空前的石油大会战在大庆展开。

  历史的钟摆定格在1959年9月26日。这一天，沉积了亿万年的石油，在杳无人烟的松嫩平原幻化为耀眼夺目的黑色油龙喷涌而出。从此，一座石油城——大庆、一位英雄——铁人标注在中国石油工业发展史上，犹如两颗明星，闪耀在中华民族的灿烂星空。

  一部艰难创业史，震古烁今铸铁魂。为了共和国的石油事业，有一群人，穿过平原、跨过江河，从祖国的四面八方汇聚在茫茫荒原。这群人，以愿得此身长报国的志向，以革命加拼命的气魄，打响了一场轰轰烈烈的关乎中国石油工业命运的大会战……

  1960年的冬天，朔风呼号、滴水成冰，锥心的寒冷席卷着辽阔的荒原。4月2日，1205钻井队的钻机从玉门运抵萨尔图火车站，在吊装运输设备不足的情况下，一个叫王进喜的西北汉子高举双臂指挥一群热血沸腾的钻工，用了足足3天3夜，撬杠撬、滚杠滚、大绳拉，口中的号子喊得震天，脚下的步子扎得稳健，硬是靠人拉肩扛把60多吨重的钻井设备从火车站搬运到井场。以王进喜为代表的石油工人用血肉之躯铸就了"石油工人一声吼，地球也要抖三抖"的豪迈气概，以强大的精神力量和顽强的革命意志，战天斗地、艰苦奋斗、苦干实干，撑起了共和国的脊梁，创造了大庆精神铁人精神。

1964年，《人民日报》一篇名为《大庆精神大庆人》的通讯呈现在全国人民面前，同年在第三次全国人民代表大会上，党中央发出了"工业学大庆"的伟大号召，王进喜代表全国工人作了《为实现石油自给，艰苦奋斗不息》的汇报，受到了代表们的热烈欢迎和世人的瞩目。

铁人，用钢铁的意志锻造钢铁的身躯，在困难的时候、困难的地方、困难的条件下，抡起自力更生的锤，拼尽全力夯实精神的高地。他们磨破了脚底板、冻伤了手指头、刮裂了"杠杠服"，艰苦的环境极大地消耗着人的精力、体力、意志，可铁人的话语铿锵有力："有条件要上，没有条件创造条件也要上！""宁肯少活二十年，拼命也要拿下大油田。"破冰取水保开钻，用身体搅拌泥浆制服井喷……茫茫荒原上，一双双粗糙大手，架起一座座井架，铁人以苦为乐，豪迈作诗："北风当电扇，大雪是炒面，天南海北来会战，誓夺头号大油田！"他的壮举鼓舞了石油会战的千军万马，开创了一个英雄辈出的年代，也开启了"工业学大庆"的辉煌时代。

英雄是民族最闪亮的坐标。铁人所有的艰辛付出都源自对一个崭新国家的美好向往，都来自为国家分忧、为民族争气的爱国情怀。"把中国贫油落后的帽子甩到太平洋里去"——为了这个壮怀激烈的理想，铁人用鲜血和生命演绎了一段属于石油英雄的历史，用短短47年的生命践诺如金，不仅彰显了共产党人的信仰，也显示出中华民族坚不可摧的精神力量。

岁月改变了山河，时间的车轮滚滚向前。

当会战的硝烟已然散尽，当创业的悲壮凝固为历史，当昔日荒原已成为天蓝水秀的百湖之城，当我们于万家灯火下过上舒适美好的生活，总有一段场景在眼前浮现，总有一个声音在耳畔回荡，总有一种情愫抚过心灵。

纪念铁人王进喜诞辰百年的余温仍在，我们又迎来了习近平总书记致大庆油田贺信5周年、大庆油田发现65周年、"工业学大庆"号召60周年、大庆精神提出60周年等一系列重要历史节点。在这个特殊的时间，我们纪念铁人王进喜，是重温，也是唤醒。一如我们翻开这本精心制作的铁人百集故事绘本，一个个鲜活的事例，一幕幕感人的场景，都在那些傲雪欺霜、战天斗地的画面中淋漓尽致地刻画出来。让我们从中看到一个生动、立体、大写的铁人形象；一个没有铁的身躯，但有铁的灵魂、铁的胆魄的铁人形象；一个机智勇敢、质朴无华、热血柔肠的铁人形象；一个始终传递着一种责任、一种情怀、一种夙愿，一个温暖而有力量的铁人形象；一个读后让人热泪盈眶、心灵震撼的铁人形象。铁人王进喜坚韧不拔、不屈不挠、勇往直前、永不放弃的生命底色和他的伟大灵魂、崇高品格，在这些妙手丹青的画作和精巧构思的文字中熠熠生辉，强大而生动，历久而弥坚。

百年诞辰铁人精神永驻，千秋功勋共昭日月同辉。铁人王进喜是新中国石油工业战线上的瑰丽明珠，是中国石油工人的光辉榜样，是中国工人阶级的先锋战士，是中国共产党人的优秀楷模，是中华民族的英雄。他用终身实践所创造的铁人精神，是闪耀在中华民族精神星空的一枚璀璨之星。

"延安精神·石油魂"，大庆精神铁人精神与延安精神一脉相承，同属中国共产党伟大精神谱系，蕴含其中的红色血脉和文化基因成为新时代铸魂育人、凝心聚力、壮大发展的不竭动力。

无论过去、现在还是将来，铁人的名字将永远铭记在中华儿女的心中，在实现中华民族伟大复兴的道路上，铁人精神犹如号角，将永远激励着一代又一代石油人在当好标杆旗帜、建设百年油田的新征程上，胸怀祖国，为油拼搏，学铁人、做铁人、跟党走、扛红旗。

铁人从未走远，他一直在我们身边……

中国延安精神研究会副会长
中国石油天然气集团有限公司原董事长、党组书记　周吉平

2024 年 1 月

前言

王进喜,新中国石油战线的铁人诞辰百年,却也转身离开我们50余载。

"宁肯少活二十年,拼命也要拿下大油田!"

铮铮誓言如雷贯耳,铁人精神从未走远。

他的后继者们秉承着铁人的信念,踏着铁人的脚步,传承铁人的精神,赓续着新的故事。

闻一多曾说:"铁是俞锤炼俞坚韧的。"

铁人,他是如何从一个旧社会的放羊娃锤炼成为新中国工业战线一面火红的旗帜呢?

本书选取了铁人王进喜成长历程中的100个小故事,以图文并茂的形式展现给读者,希望通过简练苍劲的笔触和娓娓道来的讲述,不求妙笔生花,力求勾勒出那个有血有肉、个性鲜明的铁人形象,让读者心目中的铁人更立体更接地气。

一个个感人的故事,一幅幅生动的画面,既是铁人平凡而又奋进一生的经典回忆,又是铁人为中国石油工业艰苦奋斗二十年的时代缩影,处处闪耀着精神的光芒,成为激励我们不断前行的强大力量。本书的编辑创作,是弘扬大庆精神铁人精神的一枚种子,是大庆石油人传承铁人志、建功新时代的坚定决心。本书的编辑和创作工作自启动以来，得到了油田上下的高度重视和大力支持。大庆油田文化集团、报捷公司是本书创作和编写的主体单位，具体负责创作和编写工作。在此书的创作和出版过程中，听取了老专家、"老会战"等多方面的意见建议，学习并查阅了《铁人传》《铁人：永远的旗帜》《共产党人王进喜——听亲历者讲铁人故事》《铁人钻井队》《文物物语》，以及大庆油田有线电视中心制作的系列短视频《铁人故事》等有关资料。在此，一并表示感谢。同时，要特别感谢大庆师范学院董新杰教授的辛勤付出，精心创作了三百余幅画稿，让铁人王进喜的形象更加生动立体，故事情节更加丰满。

"书痴者文必工，艺痴者技必良"，我们尽可能地将那个舳舻千里、旌旗蔽空的奋斗年代，葳蕤蓬勃、百舸争渡的会战场面，还有老一辈石油人勠力同心、和衷共济的风雨历程，满怀虔诚与敬畏地精心雕琢，再奉与诸君，共享共勉！

本书编委会
2024 年 1 月

目录

- 01　骆驼"攒劲"　　　　　　　/ 1
- 02　绵羊变老虎　　　　　　　/ 5
- 03　好钢要在炉里炼　　　　　/ 9
- 04　改造"豆腐队"　　　　　　/ 13
- 05　创新"整拖搬家"　　　　　/ 17
- 06　请战白杨河　　　　　　　/ 21
- 07　"全天滚"的队长　　　　　/ 25
- 08　钻井闯将　　　　　　　　/ 29
- 09　泪洒"沙滩"　　　　　　　/ 33
- 10　亲情难离　　　　　　　　/ 39

- 11　下车三句话　　　　　　　/ 45
- 12　马厩里的豪言壮语　　　　/ 49
- 13　自力更生备战忙　　　　　/ 53
- 14　穿工服的解放军　　　　　/ 57
- 15　义务装卸队　　　　　　　/ 61
- 16　珍贵的礼物　　　　　　　/ 65
- 17　人拉肩扛运钻机　　　　　/ 69
- 18　破冰取水保开钻　　　　　/ 75
- 19　"铁人"名号的由来　　　　/ 79
- 20　铁人一口井　　　　　　　/ 85

- 21　大会战的"第一个标杆"　　/ 91
- 22　篝火学"两论"　　　　　　/ 95
- 23　万人大会立誓言　　　　　/ 99
- 24　不服管的"伤员"　　　　　/ 103
- 25　带伤搞创新　　　　　　　/ 107
- 26　勇跳泥浆池　　　　　　　/ 111
- 27　晋升钻井工程师　　　　　/ 117
- 28　五面红旗　　　　　　　　/ 121
- 29　特殊的现场会　　　　　　/ 125
- 30　雨中钻进　　　　　　　　/ 129

- 31　"难缠队长"　　　　　　　/ 133
- 32　上下一条心　　　　　　　/ 137
- 33　大战"北一排"　　　　　　/ 141
- 34　秦腔迷　　　　　　　　　/ 145
- 35　三间菜窖建基业　　　　　/ 149
- 36　"跑井"工作法　　　　　　/ 153
- 37　铁人"三件宝"　　　　　　/ 157
- 38　帮职工搬家　　　　　　　/ 161
- 39　抓生产也要抓生活　　　　/ 165
- 40　正人先正己　　　　　　　/ 169

41	责任重于山	/ 173
42	制服高压井	/ 177
43	难忘"四·一九"	/ 181
44	含泪填井	/ 185
45	为油田负责一辈子	/ 189

46	一缸油的分量	/ 193
47	大队长的钥匙链	/ 197
48	老战友与老对手	/ 201
49	抢建"干打垒"	/ 205
50	梦中开钻	/ 209

51	家属也能出份力	/ 213
52	成立农副业队	/ 217
53	"填满式"钻井法	/ 221
54	铁人办学校	/ 225
55	温暖的棉被	/ 229

56	识字搬山	/ 233
57	"钻头迷"千里听音	/ 237
58	铁人立家规	/ 241
59	王铁人二队	/ 245
60	珍贵的电唱机	/ 249

61	干，才是马列主义	/ 253
62	马达不能倒转	/ 257
63	"白馍馍"精神	/ 261
64	以干取人	/ 265
65	钻台上的小牙轮	/ 269

66	工作都是大家干的	/ 273
67	三根白发	/ 277
68	热心的"红娘"	/ 281
69	心里装着群众	/ 285
70	小本记差距	/ 289

71	铁人的真实观	/ 293
72	新来的场地工	/ 297
73	工业战线的榜样	/ 301
74	知错就改	/ 305
75	二大队的"国宴"	/ 309
76	向全国人民汇报	/ 313
77	主席的"家宴"	/ 317
78	一名好演员	/ 321
79	整顿机关作风	/ 325
80	"老头攻关队"	/ 329
81	工人诗人	/ 333
82	甘为孺子牛	/ 337
83	出国开眼界	/ 341
84	总理的关怀	/ 345
85	铁人"五讲"	/ 349
86	双上十万米	/ 353
87	回民小灶	/ 357
88	创办回收队	/ 361
89	一颗小螺丝	/ 365
90	回收队精神	/ 369
91	难忘战友情	/ 373
92	恢复"两论"起家基本功	/ 377
93	癌症是个"纸老虎"	/ 381
94	病房变成办公室	/ 385
95	石油融化在我血液里	/ 389
96	珍贵的菜籽	/ 393
97	再上天安门	/ 397
98	未了母子情	/ 401
99	临终交代三件事	/ 405
100	深切悼念	/ 409

后记　　／ 415

永 远 的 铁 人
—
百集经典故事

01

骆驼"攒劲"

1923年10月8日，王进喜出生在甘肃玉门赤金堡的一个贫苦农民家庭。15岁时，他为了一家人的生计，只身来到离家30多里远的玉门油矿，当上了临时工。

那时的王进喜，虽然干活是把好手，但年轻人脾气犟，为此他也没少受工头欺负。工人师傅们看在眼里，疼在心上。都是劳苦大众，谁能忍心看着孩子挨打受气？

这些工人里有位老师傅,脾气最为和善,是个受大伙儿尊敬的长者。有一次王进喜去喂骆驼,两人在棚里就遇上了。

老师傅说:"孩子你过来,咱俩说说话。"

王进喜放下手里的活,挨着老师傅坐下。

只见他拿出旱烟,吧嗒吧嗒一口一口地吸着。半晌,才用烟袋锅子指着不远处的骆驼说:"你别小看这大牲口,它可比人强。骆驼不怕干渴是因为肚子里存下了水,善走沙漠、驮得起重载是身上有劲儿。我们也要像大骆驼一样,心里存上一本账,浑身攒足了劲儿,等有一天都能用得上。"

王进喜仿佛明白了些什么。他问师傅:"您是要我忍下来?"

老师傅摇了摇头说:"不仅要忍,还要沉住气,学好真本事,将来再大展宏图。"

这一席话让王进喜如沐春风。从此以后,他心里有了新主张,做事不急也不躁。

正是这些苦难的经历和恶劣的生存环境,炼就了王进喜刚毅坚韧、倔强不屈的性格。他没有庸庸碌碌地生活,而是以实际行动证明,平凡的人即便做着平凡的工作,也会有不平凡的人生。

永远的铁人
——百集经典故事

02

绵羊变老虎

新中国成立前,玉门油矿流行一句顺口溜:"钻井是老虎,炼油是狐狸,运输是狼,后勤杂役是绵羊。"在艰苦的旧油矿里,王进喜干的就是后勤杂役的"绵羊"活,可他想当钻井"老虎"的愿望和决心从未动摇。

1950年,玉门油矿招工,大家看王进喜瘦弱单薄,就劝他报考相对轻松的后勤岗位,可他偏要考钻井工。

到了考试这天,抬钻杆、提卡瓦的力气活,王进喜都完成得很出色,却在念报纸和笔试题上"卡了壳"。原本要落选了,可这个年轻人上了钻台敢拼命的劲头儿,感动了招考师傅们。人事部门决定,再给王进喜一次机会。

第一项是"提卡瓦"。王进喜果断一提,腰一塌,腿脚用力,健步小跑,不一会儿就把对手甩得老远。

第二项是"上天车"。哨子一响,他"腾"地蹿上钻台,沿着立梯手抓脚蹬,敏捷地爬到二层平台转了一圈,又攀上天车再转一圈,"嗖"的一下下了钻台回到地面,干净利落。

第三项"开阀门"是个带点技术性的活儿。王进喜只是偷着上井试过两次,可他很有悟性,快速地熟悉了开关,双手把住大闸轮,抡得飞快。招考师傅们见状,频频点头。

三项过后,王进喜汗流浃背,却仍然干劲十足。

在场的人们都被这股精神头儿打动了。师傅们说:"这小子不简单,关键时候有拼劲儿,有一般人不具备的灵活和机敏,是个当钻工的好苗子!"

通过这场考核,王进喜终于完成了从"绵羊"到"老虎"的转变,成为新中国第一代钻井工人!从此,他怀揣一颗感恩之心顽强拼搏,一步步成长为玉门的"钻井闯将"、大庆的"铁人"!

永远的铁人
—
百集经典故事

03

好钢要在炉里炼

随着玉门油田勘探钻井事业的飞速前进,需要选拔更多优秀工人成长为干部。王进喜的进步,基层队干部们都看在眼里,他所在的贝乌五队党支部根据群众反映研究决定培养王进喜入党。

王进喜肯钻研,干活也肯出力气。这种大钻机一个月只打几百米的做法,他是坚决反对的。他常说,我们是国家的主人,是给自己干活,怎么能像对付资本家那样慢慢磨呢!

王进喜虽然干活机灵,但却一时难以改掉不愿受束缚的毛病。

面对这个优点突出、缺点明显的王进喜,井队领导很是伤脑筋。要如何改正他不服管的毛病呢?这时候就有人提出让郭孟和做王进喜的师傅。

　　郭孟和，人称"国际石油工人"，是油矿第一批入党、全国石油系统最早的劳动模范，第一届全国人大代表。对于这个师傅，王进喜是心服口服。他暗暗下了决心，一定好好学习技术，师傅是好样的，徒弟就更不能是"孬种"。从此以后，王进喜一刻不离开师傅，不明白就虚心请教。郭孟和师傅是打心眼里喜欢，他不仅把钻井技术传授给王进喜，还用亲身经历来教导他如何做人，怎样做一个有家国情怀，对国家、对社会有更大贡献的人。

　　整整三年，王进喜跟着师傅在井队里摸爬滚打，就像在炼钢炉里经过淬炼的一块好钢，变得更加坚毅成熟了。

1956年4月,王进喜光荣地加入中国共产党。

"经过队长和党员同志们给我从思想上教育,几次对我思想上影响很大。感到只有党才能解放受苦的人类,只有共产党才能使农民、工人过上幸福的生活……"

这篇入党"宣言"语言朴素,表述直白,不但倾诉了这位放牛娃对党的一腔真情,也展现出一个西北硬汉的豪迈誓言。这就是王进喜后来成为"铁人",成为党的优秀战士的思想基础。

"经过队长和党员同志们给我从思想上教育,几次对我思想上影响很大。感到只有党才能解放受苦的人类,只有共产党才能使农民、工人过上幸福的生活……"

永远的铁人
——
百集经典故事

04

改造"豆腐队"

1956年,王进喜刚入党不久,就担任了贝乌五队钻井队长。这个队建队之初,经常完不成生产任务,被人称作"豆腐"队,他下决心改变这种落后的局面,就从抓好安全、杜绝事故入手。

5月份,贝乌五队被调到三角湾地区打井。这里地下情况复杂,出现卡钻、井喷是常有的事。王进喜不怕困难,在开钻前,带领技术员和工人们去先进队学习经验,摸清易出事故的层段和发生事故的原因,制订出具体措施。临打开油层前,在做全面检查时,一个青年信誓旦旦地对他说:"该做的都做了,打开油层没问题。"王进喜听后严肃批评了他:"你才打了几口井,敢吹这个牛?我打了那么多井,都不敢有一点放松。"

　　开钻后,王进喜像一个上足劲的陀螺一样围着钻井任务转个没完,没时间吃饭,就叫徒工从食堂里带,啥时候有时间啥时候吃;睡觉也是有空了才眯上一会儿,钻杆上、泥浆槽里、电机房边都是他睡觉的地方。其他干部很受触动,也都24小时带班不离岗,为的就是能随时掌握情况,及时处理问题。

5月19日,在一次起钻时,钻头泥包发生井喷,好在王进喜提前储备了30多吨重晶石粉,压住了井喷,避免了事故的发生。事后,王进喜鼓舞大家:"党把我们当主人,主人不能像长工那样磨磨蹭蹭、被动地干活,一样的设备,人家是人,我们也是人,人家能打上去,我们为什么上不去?只要咱们把各项工作都做好,就能够赶上他们,有一天还要超过他们!"

在王进喜的带领下,贝乌五队扔掉了"豆腐队"的帽子,变成了一个能打硬仗、能攻坚克难的"钢铁钻井队"。

永远的铁人
—
百集经典故事

05

创新"整拖搬家"

1956年11月,贝乌五队在三角湾打765井。快完钻的时候,上级通知他们,要在距离这口井13米开外的地方,再打一口新井。

打井不怕,怕的是这一拆一装。要把一部40米高的钻机拆散搬到下一个井位,哪怕是短短的13米,最快也要六七天时间。

晚上开会,王进喜心事重重地对大家说:"这搬家太让人头疼了,如果有直升飞机当吊车,一下子把钻机整个吊起来放到新井位,当天就开钻,那有多痛快!"他这样一说,引起哄堂大笑,大家都觉得队长这是想多打井。一个青年工人还半开玩笑似的说道,"来个火车头也行啊!"他这一说还真就提醒了王进喜,咱们能不能上它十几台拖拉机,试着不放井架子整体搬呢?

说干就干,王进喜连夜找来技术员上井勘查,发现平坦的地势和设备的状况都符合要求。但钻机究竟怎么拉,大绳到底怎么挂,还得仔细计算。于是,他俩又查资料,做规划,结合实情拿出了一套具体方案。

第二天一大早,王进喜组织大家召开座谈会征求意见。虽说大部分工人都赞成这个大胆设想,但还是有少数人担心,万一井架子倒了可咋办?王进喜说:"学走路就不能怕摔跤,要革新就得大胆尝试,咱们不干,钻机也不会自己走过去。"队长坚定的语气,让大家吃了一颗定心丸。

11月23日，工人们按照分工坚守在各自的岗位上。随着队长把铝盔高高地举过头顶，猛地向下一压，负责牵引的12台拖拉机同时启动，巍峨的井架连同巨大的钻台，在轰鸣声中徐徐前进，仅用了10分钟，就平稳地"走"到了新井位。

整拖搬家，成功了。钻井战线，轰动了。

这套由王进喜首创的钻机整拖搬家法，经过改进之后，一直被全国的钻井队伍使用到20世纪90年代末。

永远的铁人
—
百集经典故事

06

请战白杨河

　　1958年年初,石油工业部在玉门和新疆之间,发起了一场以"高速优质钻井"为主题的劳动竞赛,玉门以贝乌四队队长景春海为龙头,新疆则以1237队队长张云清为先锋,一场"钻井大战"在两个油田之间展开。当时的王进喜带领贝乌五队被安排在山沟沟里打井,列在"大战"之外了。

　　王进喜对此并不在意,他带领全队工人在山沟沟里扎下营盘,日夜苦战。

一天，突然传来了玉门代表队被新疆代表队压下去的消息。新疆代表队的张云清，打破了景春海队创造的月钻1183公尺的纪录，突破了月上千，保证年上万。

王进喜一听坐不住了。他和身边的同志们讲，张云清是从玉门出去的，人是一样的人，钻机是一样的钻机，为啥咱们叫人家压着打！咱贝乌五队要树雄心，立壮志，和他干。6月，贝乌五队打完最后一口油井后，在一次大队调度会上，王进喜向组织上提出申请，要求搬家上白杨河打井。

大队长不同意，王进喜就同他吵，然后又去找焦力人局长。

焦局长说，这事

得研究一下。王进喜不好和领导吵架，但一句话就想把他打发回去也是不可能的。听到领导要研究，王进喜就坐在焦局长的办公室里不走了。焦局长被他缠得没法，只好去和其他领导商量，最终还是书记发了话，这样嗷嗷叫的好队长要支持，你给他搬。焦局长回来一说，王进喜打心眼里高兴，撒腿就跑回队里。

　　回去一宣布，工人们立刻个个抓紧，人人争先，把3天收尾的活，一天就干完，于7月5日搬到了白杨河，正式加入这场轰轰烈烈的"钻井大战"。

　　王进喜"因大闹调度会，争上白杨河"出了名，余秋里部长到玉门开现场会时还特意到井场去看他，对他说："王进喜你一定要好好干，干出成绩好到北京去见毛主席，给咱石油部进点喜！"

永 远 的 铁 人
—
百集经典故事

07

"全天滚"的队长

"全天滚",说的是一种坚守,一种在烂泥里、严寒里,在暴风雨来临之前,与闷热、孤独做抗衡的每一个瞬间。

1958年7月,王进喜主动向组织申请带领贝乌五队参加白杨河油田开发。提出"月上千,年上万,标杆插上祁连山"的目标,和一批先进队展开了冲击钻井速度的夺油大战。

心里揣着目标,王进喜一天24小时都扑在生产上,他把这种工作方法叫"全天滚"。大到人员思想、打井方案、泥浆配置,小到钻杆摆放、丝扣抹油,事事都管。得空了才睡一觉,得哪睡哪,他头枕钻头,靠一件老羊皮袄遮风挡雨。

可这个"全天滚"的队长却不让工人们"全天滚",除了个别打突击,他不允许工人们加班连轴转。他和党支部书记孙永臣商量好,要抓思想也要抓生活。夜班工人们图省事带个凉馒头,他不让。把夜班费集中起来,叫人买干粮、买菜在井上做,工人们半夜也能吃上热汤热饭菜。如果他在队部过夜,都要先叫着上零点班的工人,照顾他们吃完夜饭再去上井。

有这样带头干、精心管、爱护人的好队长,工人们从心眼里佩服,就是挨了骂也没情绪,都跟着他甩开膀子拼命干。王队长要求"班班紧",大家在他的感染下自觉做到"人人紧"。还明确表示:
"搬家安装,转盘不转不下班;快速钻进,不误分秒往下钻。"

机械工长张兴福,经常下完套管就接着搬家,直到新井开钻,几十个小时不下班。王进喜劝他休息,他说:"队长你抛家舍业成天蹲在井上,我也得起到老党员的作用啊!"

　　在王进喜的带领下,贝乌五队工人充满干劲,1958年9月,累计进尺5009.3米,圆满完成"月上五千"的目标,创下了中型钻机全国月进尺最高纪录。

永远的铁人
—
百集经典故事

08

钻井闯将

　　1959年4月24日，玉门油田《石油工人报》发表了一篇名为《钻井闯将——王进喜》的报道。这张报纸至今还被珍藏在铁人王进喜纪念馆。

　　这件事，还得从1958年7月说起，那时，石油工业部提出在石油战线开展钻井进尺劳动竞赛，王进喜不安于现状，不拘于常规，主动请缨参加竞赛。

　　在王进喜的队伍钻完第三口井的时候，新疆的张云清钻井队已经打井3951米，同一地区的贝乌四队眼看也要撵上来了。王进喜寝不安席，食不甘味，像钉子一样"钉"在井场，一张老羊皮袄白天披、晚上盖，整天不离身，只为随时掌握钻机运转的情况。

为了争取时间，全队员工完成固井后，晚上10点搬家，汽车大灯全部开亮，沿途篝火一路点燃，不到半夜12点，井架就已搬到新井场，第二天凌晨5点多，第四口井就开钻了。

汗水浇开了跃进花，心血结出了胜利果。贝乌五队只用了13天就打井1191米，提前实现了"月上千"的目标。不甘示弱的王进喜又向"月上五千"发起冲击。

9月24日，打井上了4500米，王进喜站在司钻身后，紧盯着用手电照亮的指重表，柴油机转速开到最大，排量也开到最大；司钻把钻压从20吨、25吨，一直增加到27吨，不断创造出新纪录。

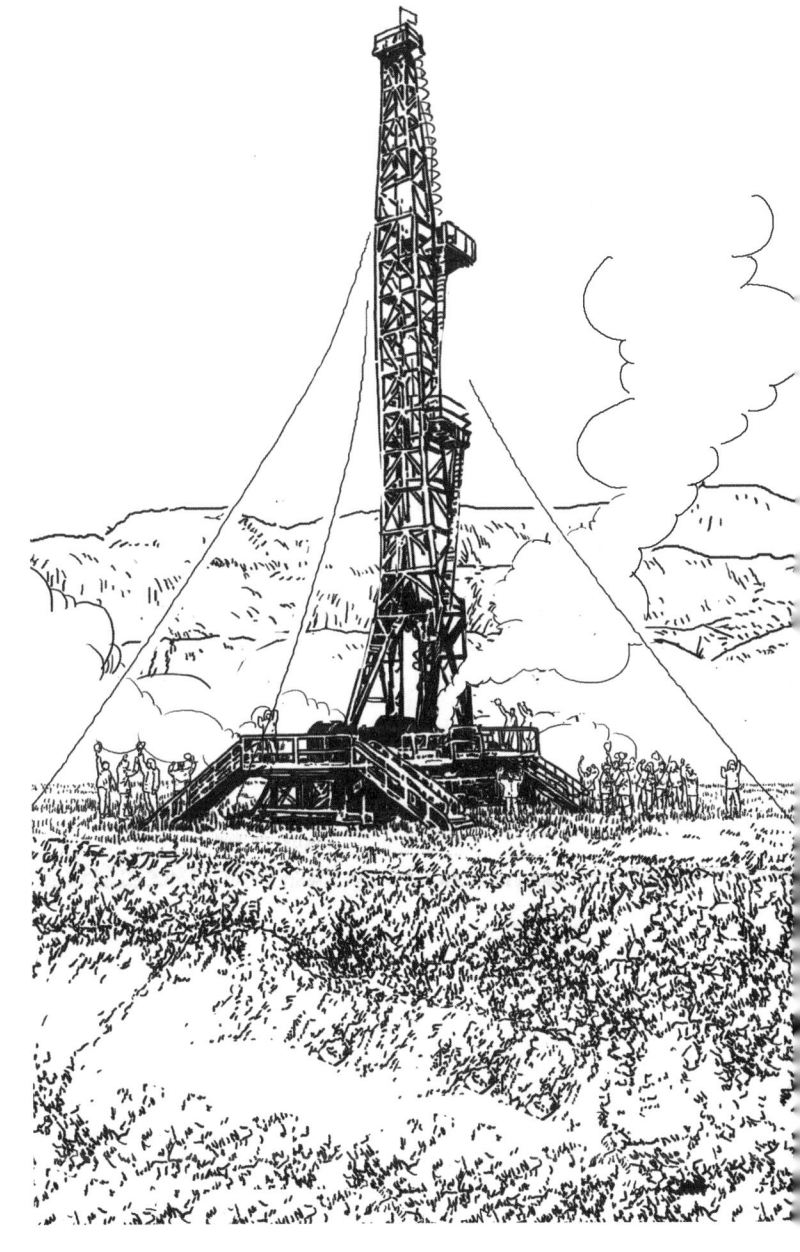

9月30日晚11时，王进喜手扶刹把将最后一个钻杆钻进油层，终于在第二天零点前，完成了月钻井进尺5009.3米，不仅创造了当时全国中型钻机的最高纪录，还摸索出一套优质快速打井的经验，超过了新疆张云清带领的1237钻井队，就连贝乌四队也被甩在了后边。井场上，机器声轰鸣，一片沸腾，他们终于兑现了"月上五千米，祁连山上立标杆"的誓言。

　　10月，王进喜到新疆克拉玛依参加石油工业部召开的现场会。会上，贝乌五队荣获石油工业部颁发的"钻井卫星"红旗，王进喜被誉为"钻井闯将"。

永远的铁人
——
百集经典故事

09

泪洒"沙滩"

　　1959年9月下旬,在甘肃省劳模会上,王进喜被选为全国劳动模范,还被选为新中国成立10周年国庆观礼代表和全国"工交群英会"代表。

　　10月1日,庆祝新中国成立十周年大典在天安门广场隆重举行。王进喜平生第一次穿上崭新的中山装,站在天安门的观礼台上,更见到了日夜想念的毛主席。他激动得睡不着觉,写下了平生的第一首诗:"北京见到毛主席,浑身是劲精神抖。满怀豪情干革命,永生永世不回头。"

　　可是,接下来发生的事情却掩盖了这份激动和喜悦。

群英会上，王进喜发现，每当煤炭、钢铁等部门的代表出场或发言时，会场气氛都十分热烈，唯独石油系统的代表出场时，全场的反应就冷淡了下来。他正在纳闷儿，有人说，这是因为石油系统是唯一一个没完成第一个五年计划的部门。

一天下午休会，王进喜和几位代表去了天安门和故宫，他们边走边聊，很快就来到了北大红楼附近的沙滩街头。满眼新鲜的事物，他这儿瞅瞅，那儿看看，不经意间，注意力就集中到了来来往往的汽车上。他发现每辆公交车都背着一个大包袱，又笨重又难看，车走得很慢，就像累得气喘吁吁的老人。

"汽车背上是个啥？"

"你不知道？那是煤气包！"

"背那东西干啥？"

"里边装的煤气，用来烧的嘛！"

"为啥不烧油？"

"没有油嘛！"

一番简单的对话，却让王进喜满脸通红，他又想起群英会上的情形，低声跟同伴说："你们先走，我在这儿待一会儿……"

　　来北京之前，王进喜除了到克拉玛依油田打擂台以外，从没出过远门。在油田，到处是油，从来没有过缺油的感受。可现在，看着大街上背着煤气包的公交车，他心里难受极了：在北京，连毛主席住的地方，公交车都没有油烧，可见国家缺油到了什么程度！

　　他越想越不是滋味，越想越难过，不由自主地低下了头，蹲在地上呜呜地哭了起来。

　　从这一刻开始，王进喜就有了一块"心病"，他事后跟别人讲："国家缺油像千斤重担压得我喘不过气来。一想起来，就像有一把锥子扎在心上，令我难过心酸。"

然而，历史的转机有时就在一瞬。群英会结束后，石油工业部向代表们预告了一个好消息：在我国东北发现了一个大油田！

心情低落的王进喜为之一振，几天来的复杂情绪通通涌上心头！他当即找到当时的石油工业部副部长康世恩，坚决表态：要带领队伍赶赴东北，开发大油田！

永远的铁人
—
百集经典故事

10

亲情难离

  1960年2月,石油工业部组织松辽石油大会战,玉门油田要挑选精兵强将参战,王进喜立即报名,坚决要求第一批出发。

  3月月初,王进喜所带领的贝乌五队就正式接到了参加会战的通知。全队上下异常兴奋,立即着手归拢设备,往火车站搬运钻机。

  这期间,王进喜抽空回了一趟家,他要和亲人特别是母亲告别。

王进喜回家告知了家人他的行程。看着母亲不舍的眼神,王进喜的心中涌起了一阵愧疚,可还是坚定地说:"娘,这次会战是一场大仗,关系到咱新中国的命运,各路英雄都要去。以前我说过,党指向哪里咱就干到哪里,现在上战场的时候到了,咱不能说话不算数啊……"

王进喜的母亲何占信虽然是传统的家庭主妇,但也是个能以国事为先的老人。她明白,新中国的建设处处等着油用,进喜心里着急啊!既然儿子去意已决,就算万般不舍,她能做的,就是支持。

"你放心去吧。到那儿注意身体,注意安全,常来信,免得我挂念……"

　　临行前的晚上,王进喜一家吃了顿团圆饭,母亲亲自做了他最爱吃的猫耳朵面。虽然只有一碟咸菜和老醋泡辣子,他却吃得很香。即将出征,有什么比得到老母亲的支持更金贵呢?

3月15日,王进喜率队奔赴东北。"更高标杆立祁连"的锦旗高高飘扬,新的目标引领着这支钢铁队伍投入新的战斗。

永 远 的 铁 人
—
百集经典故事

11

下车三句话

1960年3月,大庆石油会战的号角响起,小小的萨尔图火车站一下子热闹起来。

3月25日清晨,又一列火车进站了。从火车上下来的一群人在"更高标杆立祁连"的红旗下集合。他们是来自玉门油田的1262钻井队,也就是后来的1205钻井队。队长,正是王进喜。

负责接站的松辽局勘探大队总务科科长朱开茂看见了他们,高兴地握住王进喜的手:"玉门的老标杆来了,热烈欢迎!"

王进喜赶紧说:"客气啥?咱都是一家人嘛。哎,我问你,我们钻机到了没有?井位在哪里?这里的钻井纪录是多少?"

专管接待、不太过问生产的朱开茂听了一愣,只知道他们的井位在马家窑附近。没问出消息,王进喜有些着急,他叫来大伙儿,决定让一部分人沿线去找钻机,另一部分人找井位,剩下的人留下看东西,而他自己则带着技术员到指挥部去报到。

在一个改造的牛棚里，他们找到了萨中探区指挥部，报到的时候，王进喜又连珠炮地发出了他的"三连问"。

可调度员哪里说得清楚！王进喜正发愁，一回身，刚好看见了老领导宋振明。"领导啊，我都问了好多人，就是不知道这钻机到了没有，井位在哪里，这里的钻井纪录是多少。"

宋振明笑着拍拍他的肩膀："别急，钻机应该快到了，火车慢些；马家窑在铁道南，离这就十几里，不过各局精兵强将都来了，钻机一摆开，新纪录就等着你们创造呢！"

"领导放心,我们一定快安装,早开钻!"

"你们可要有个吃大苦、流大汗、拼命干的准备呀!"

"吃苦咱不怕,决不和组织提条件,不给老家丢脸!"

王进喜说着,心里也做好了准备,要在这东北的"大油海"里甩开膀子大干一场!

永 远 的 铁 人
——
百集经典故事

12

马厩里的豪言壮语

　　萨尔图，总共就一条小街。石油会战一打响，来自全国各地的队伍陆续抵达。大车店和附近的老乡家，一下子全都住得满满的。

　　天色渐晚，王进喜和队员赶到的时候，已经没有了多余的住处。一个大车店店主就把闲置的马厩让给他们，院子里还有一大垛羊草。

　　东北的三月天寒地冻，西北风刮得窗户纸呱嗒呱嗒响，房檐的冰溜子比马尾巴还长，马厩里飘着冰冷的雪花。王进喜安慰大家说："今晚咱就将就一下，明天找到井位就好办了。"

于是，工人们把羊草抱进来厚厚地铺开，坐着啃干粮，有人把雪攥成团儿当水喝，有人敲下一根冰溜子咔嘣咔嘣嚼了起来。

善良的店主见状，送来一盏马灯："你们石油人能吃苦，这灯就给你们当个纪念吧！"就着闪烁的微光，王队长给大家讲起了"张飞夜战马超"的故事。他激动地说："这场大会战群英聚会，咱五队也要当五虎上将，和克拉玛依的张云清他们比个高低！"

几段秦腔冲出马厩，划破长空。队长唱完《秦英征西》，又来了作诗的雅兴，这可引来了大家不自信地哄笑。然而他却说："你们笑啥？作不来高水平的诗，咱们还作不出个低水平的！"

听着外面呼呼的风声,他想起白天浑身被吹得冰凉,就琢磨出了第一句:"呼呼的北风,好像是风扇!"

这形象的比喻,让大家顿时打起了精神。

另一个工人说:"白雪,白雪像是炒面!"

队长接道:"四面八方来会战!"

又有人续上一句:"要夺一个大油田!"

这下更激发了王进喜的斗志,他大声接道:"说一千道一万,还——得——干!"

就这样,大伙儿你一句我一句,七嘴八舌边说边改,还真作成了一首完整的诗:

北风当电扇,
大雪是炒面。
天南海北来会战,
誓夺头号大油田。
干,干,干!

永远的铁人
——
百集经典故事

13

自力更生备战忙

王进喜当队长时,有很多名言。在会战最艰苦的时候,"有也上,无也上",几乎天天挂在他嘴边,激励自己,也鼓舞队伍。

1205钻井队找到井位后,钻机还没到,王进喜也不闲着,和队友去萨66井取经。负责萨66井的队长告诉他,要有吃大苦的准备,可以提前挖几个卸车台,到时候有用。接着,他们又到附近的村屯,发现几个又小又浅的水井,但这对于石油钻井来说根本不够。摸准了环境情况,第二天全队就开始借工具、找铁镐,积极做好早开钻的准备。

北方的初春,土地依旧冻得很硬,一镐下去只刨出一个白印,平时三五人几锹就能挖出的泥浆池,这回得刨十几下才能出来一个坑,大伙儿冒着刺骨的寒风,直干得甩掉棉衣汗流浃背。

挖卸车台,大家都没经验,刚开始挖的坑又浅又短,坡也太陡。王进喜一看,这样不行啊,于是找来技术员,和钻工们研究认为,坡越缓,道越长,汽车进出才越省力,还能避免震坏设备。了解情况后,大家将刚才挖的坑推倒重来,一边挖一边注意角度、深度,直到把"卸车台"挖合格。

打井离不开水,既然村里的水井不能满足钻井需求,那就得在井场上打水井。有了之前的经验,面对冻土大伙儿也不陌生了,但没想到的是冻土下面又遇到了流沙层,水井边挖边塌。还好周边村子的两位老乡提醒他们,需要下井楔。王进喜这才恍然大悟。可一时半会儿也找不到那么多木板,不能干等啊!王队长就叫一组工人挖冻土,打个五六口井,他带着其他人沿路去村子里,一家一家询问,一点一点找木料,最后,终于把井楔夯好。

经过两天多的昼夜奋战,终于准备好了泥浆池、蓄水池,还挖了三个"卸车台"、两口水井,就等着钻机一到,大干一场!

"有也上,无也上,天大困难也要上!"后来,铁人的这句话被石油工业部领导多次研究,最终完善为"有条件要上,没有条件创造条件也要上"。大大激励了会战职工攻坚克难的决心和斗志,成为大会战中的响亮口号。

永远的铁人
—
百集经典故事

14

穿工服的解放军

马家窑只有十几户人家,1205钻井队刚到大庆没有住的地方,全队职工就分散住在七八个农户家里。

村西头的赵大娘接待王进喜、孙永臣、孙秉科,她把热乎乎的南炕腾出来,自己一家6口住在北炕,还拿出自家被褥给王进喜铺上。望着赵大娘鬓角上的缕缕白发,王进喜心想,多好的乡亲呀,打不出井真对不起他们!

　　安排就绪，王进喜对大伙儿说："我们都住在老乡家里，一定要和农民兄弟搞好团结，要像解放军那样，遵守三大纪律八项注意，谁也不许'长三只手'，当'天山狼'，谁违反了纪律，我就开你的批判会！"

　　来到萨55的井位，孙永臣又补充三条："一是不拿老百姓的一针一线，实在要用，一定有借有还，弄坏了按价赔偿；二是晚上睡觉不要说话，不能点灯，不要打手电；三是主动帮老乡干活，搞好工农团结。咱们一定要遵守纪律！"

　　在老乡心里这些二十出头的西北汉子还都是孩子，就常常给他们煮鸡蛋、炒瓜子吃。但队里有纪律，不许吃老乡的鸡蛋，队员们只能先吃煮好的鸡蛋，再买鸡蛋还给老乡。

　　这些汉子当钻工前也是农民，帮助老乡打草、起粪、送肥、铡草，都不外行。

　　几天下来，有的人赶马车比车老板还要多送两趟肥；有的人铡草料，铡得又快又细又好，几个晚上就铡了一屋子。

　　严明的纪律，良好的作风，让乡亲们仿佛见到当年的解放军。乡亲们亲切地说："这真是穿工服的解放军啊！"

永远的铁人
—
百集经典故事

15

义务装卸队

　　大庆石油会战的号角刚刚吹响，王进喜就从西北的玉门油田率领1205钻井队赶来，投身到这场石油大会战中。

　　那时的中国还是一穷二白。黑色的石油，就是黑色的金子，让这群西北汉子心中充满了"要为祖国大发展干一场"的劲头儿。可钻机久久未到大庆，无法开钻的现实，让大家急得直转磨磨。

　　钻工们急，王进喜更急。他们天天跑萨尔图，蹲火车站。把沿线的6个站区来回跑了好几遍，还特意去了一趟哈尔滨，结果却无功而返。王进喜失望之余，却发现了另一个问题。原来，石油大会战一打响，五湖四海的石油大军便齐聚大庆，小小的火车站货物堆积如山，沿着铁路往安达方向走，巨大的井架、钻机，长短不一的钻杆、油管叠压在路边。满载的车皮排成流，新来的车皮没地方进，只好拉到周边的车站。

"干等没用,咱这把子力气,得派上大用场。大家伙儿再借些扁担和绳子,咱们得动动手,帮着卸火车。"

王进喜的话一出口,立刻有不少人响应,但有个小伙子却闹起了情绪:"我以为是咱们队的钻机到了,闹了半天是帮别人卸,管它干嘛?"

王进喜眼睛一瞪说:"你一个人能把整个大庆地里的油都挖出来咋地?还不是靠大家伙儿的力量。现在道线都被这些货物占着,咱们的钻机就是到了,又该怎么进站呢?"说完带着大家开始搬卸货物。

于是,队员们撬的撬,扛的扛,拉的拉,火车上的钻机设备一件一件地被卸下来,整整齐齐摆在铁道路轨外侧的空地上。

大家一鼓作气把新疆、四川的钻机全部卸完。至此,1205队"义务装卸队"的名号,叫响了萨尔图火车站。

永 远 的 铁 人
—
百集经典故事

16

珍贵的礼物

王进喜出生在甘肃玉门的贫苦人家，没饭吃的时候去讨过饭，也在地主家里放过牛，15岁时在油矿做苦工。这些经历，让他在当上钻井工人后，把国家的利益当作自己的一切，也让他出了名的节俭，谁要想从他手里"抠"出一两件材料，那是没门儿。

然而，这一切在他入党和当队长后有了转变。入了党，王进喜知道了一名共产党员要目光远大、胸怀宽阔，不能只想个人的事，要想全党的事、国家的事；当上了队长，看到兄弟井队对自己的无私支援和密切配合，他认识到仅靠一个队拿不下大油田，也不能甩掉我国贫油的帽子，而是要靠大家，靠集体！

来到大庆参加石油大会战后，这个体会就更深了，能来会战的基本是全国各石油管理局的标杆队，都暗暗憋一口气，争第一，当好汉。1205钻井队在这种关键的时候，更是要挺身而出。

1960年4月8日晚，王进喜得知萨64井第二天开钻，当时1205钻井队还没有开钻，他就反复琢磨着送什么礼物表示祝贺好。在那个物资匮乏的年代，钻头非常紧缺，有料就有进尺，有料就是速度。王进喜掂量来掂量去，最终在材料库里挑了一只上好的刮刀钻头。

4月9日,萨64井开钻,王进喜送了一件珍贵的礼物——一个从玉门油田带来的刮刀钻头。即使在大庆石油会战初期最困难的时候,他也没忘记支援别人,甚至支援的是自己的竞赛对手,这在当时可是一个了不起的举动。

永远的铁人
—
百集经典故事

17

人拉肩扛运钻机

　　1960年4月2日,一辆满载钻井设备的列车驶进萨尔图火车站,王进喜和队友们终于盼来了自己的钻机,高兴极了。他心里明白,新中国的发展建设迫切需要石油,早点开钻打井,就能早点出油,早点解决国家的困难!时间,是分秒必争啊!

　　可大家的高兴劲儿还没过,指挥部的通知就到了:刚组建的萨中探区吊装设备短缺,一时半会儿也轮不到1205队用。

没装备，钻机可怎么运？这些大家伙总重量有60多吨，光是一个泥浆泵就相当于5辆小汽车重量的总和，轻的设备也得几百上千斤。以前在玉门油田搬家，要用大吊车、大型汽车、拖拉机等总共十多辆。看着几个车皮的钻井设备，王进喜心里急得直冒火。

有人在队伍里说:"没法办!"

"咋就没法办?"王进喜扫视着三十多个队员,"整拖搬家咱都干过,这咋就不能了?"

"革命不能等,我们有几十个工人就是几十台吊车,我们几十个人就是几十辆拖拉机。"

就这样,一场人与钢铁的较量开始了。王进喜甩掉羊皮袄,从地上抄起一根撬杠,大吼一声"跟我上!",这一瞬间,好像天地之间只有他和这堆钢铁。他带着队员把凡是能撬、能抬、能扛的东西集中起来,成车拉运。剩下的大件设备,就用钻杆搭上滑道,拴上大绳,大家齐心协力,前拉后推,一寸一寸地挪动下来。

人拉肩扛运钻机,运下火车,运上汽车,运到井位。

"石油汉子,呦嘿!一声吼啊,呦嘿!地球也要,呦嘿!抖三抖啊,呦嘿!"

三天三夜，茫茫荒原上，一群血肉之躯与冰冷的钢铁展开角力，终于把钻机平平稳稳地运到钻台上。大草原上1205钻井队井架高耸，旗帜猎猎飘扬。

永远的铁人
——
百集经典故事

18

破冰取水保开钻

1960年的大庆,还是一望无际的荒原,高耸的井架为这里增添了一份生机。4月,1205钻井队到大庆打的第一口井准备开钻。

通过技术交底、学习参观,王进喜和队员们对怎样打好这口井有了底,防漏防喷的同时,还要准备大量的水。

1205钻井队使用的钻机,每口井要耗水60多吨,加上防漏,还额外需要几十吨。但马家窑这里的管线还没接通,如果用罐车拉运,调度室说得排队!这可急坏了王进喜,早一天打井出油,就早一天解决国家的困难!他召集全队想办法,有人提出:"用脸盆端水行不行?"

王队长一听,高兴起来:"这个主意好!咱们能人拉肩扛,就能用脸盆端水!有也上,无也上,创造条件也要上!"

大伙心里清楚,这就是和时间赛跑啊!于是,拿脸盆、借扁担、找水桶,从屯子里和自己挖的井里打水。还不够用,王队长就带领大家,来到井场西边两里多地的大水泡子。呼呼的北风里,他带头开凿厚厚的冰层,全然不顾身上的衣服早已被水打湿,结成了冰。

附近的老乡看见了，也都纷纷赶来，连同支援的机关干部一起帮忙。工具不够，大家就用铝盔饭盒，甚至灭火机外壳。有人实在找不到盛具，干脆扛起冰块就往泥浆池运。村里的孩子们也来了，手拎着茶壶、端着小盆跑得更欢，惹得黑狗黄狗，前后跑着吠着。

眼看大家热情高涨，王进喜又作出安排。"挖土能手"马万福领人开出一条水沟，把水引进泥浆池；大班司机孙秉科带领实习学生们接管线和水泵，向水池里泵水；戴祝文到生产队借来马车，装上两立方米的铁池子运水。调度室派来的一辆水罐车也及时赶到，加入了战斗。

就这样，一百多人组成一支运水大军，一盆盆、一桶桶、一担担……浩浩荡荡的长龙在荒原上蜿蜒往返，人们的热情融化了寒冰。夜幕降临，大家就点起马灯、燃起火把，连夜奋战！

　　渐渐地，泥浆池满了，水池也满了。人们用各种各样的土办法，一天一夜共运水50多吨！

　　1960年4月14日，1205钻井队到大庆打的第一口井——萨55井，提前开钻！

永远的铁人
—
百集经典故事

19

"铁人"名号的由来

1960年3月,王进喜带领1205队来到大庆参加石油会战。在驻扎的马家窑,他们除了抓紧生产工作,还抽空帮乡亲们备耕。党支部纪律严格,王队长定的几条要求,工人们都能自觉遵守。

小屯中,感受最深的就是房东赵大娘。

王队长能住在她家,赵大娘很是高兴。可他只住了一个晚上,就再没了人影。饭菜凉了又热,洗脚水凉了再烧,赵大娘却始终等不到王进喜回来,就四处打听,他到底干啥去了?工人们告诉她:"王队长工作起来没白天黑夜,不是上火车站找钻机,就是跑到别的井队学习经验。"大娘听后说道:"这人也不是铁打的,总不回来睡觉怎么行?"

一天，赵大娘特意擀了西北人爱吃的面条，准备把他找回家吃顿饭。她让小孙子领着她来到井上，刚好看见二十几个人正在忙活着一个比碾盘还要大的铁疙瘩。人群中，大娘一眼就看见了王进喜，他手攥大绳拼命拉拽，虽然比刚来的时候瘦了不少，声音也有些沙哑，但喊出的号子仍然十分有劲儿。

赵大娘越看越心疼："活了大半辈子，没见过这么拼命的人。你们王队长可真是个'铁人'呐！"

这一次，大娘没有喊回王队长。

可等到井架立起来了，王队长还是没有回来。

抱着让他吃上一顿热乎饭的想法,赵大娘把饭菜放进柳条筐里又来到井上,让工人们领着,在发电机旁的一个泥浆槽子边,找到已经累得睡着了的王进喜。眼见他身下只铺着一些羊草和一条被子,身上盖着老羊皮袄,头下还枕着钻头,大娘再一次情不自禁地感慨:"王队长,你可真是个'铁人'啊!"

赵大娘管王进喜叫"铁人"的事情,很快就传到了第三探区指挥兼党委副书记宋振明的耳朵里,他激动地说:"大娘叫得好,王进喜当之无愧!"这件事汇报到石油工业部部长、会战工委书记余秋里那里,余秋里当即决定大会战的第一个标兵就选树王进喜,名号就叫"王铁人"!

永远的铁人
——
百集经典故事

20

铁人一口井

历经人拉肩扛之后，1205钻井队的井架终于在马家窑立了起来。

开钻前一天，王进喜带领队友大到钻头、钻具、泥浆，小到绷绳固定得紧不紧、平台栏杆牢不牢这些细节，全都查了个遍。

1960年4月14日上午8点整，手扶刹把的周正荣向机房打了个手势，立刻柴油机轰鸣，转盘飞转，萨55井开钻了！

　　由于这是 1205 钻井队开钻的第一口井，地上地下情况还没有了解得十分清楚，王进喜日夜不离钻台，饿了吃口干粮，困了就裹上老羊皮袄躺在钻杆上，枕着钻头睡一会儿。打到 70 米时，漏失层提前出现。王进喜立即告诉司钻一定要平稳操作，千万不能停钻，同时，命令副司钻调制好泥浆，千万别堵了水管莲蓬头，并通知全队集合上井端水。一时间，拿盆的，挑担的，端的端，挑的挑，从水泡到井场形成一道运水风景线。在大家的共同努力下，钻机很快恢复了正常钻进。

钻进上千进尺时,突然,井场上灯火全灭。原来是发电机又出了故障。关键时刻不能停啊!王进喜走上钻台,手扶刹把,凭着手上的感觉,耳朵听着转盘的声音判断钻机负荷、钻压大小,继续打井。很快,有人找来手提灯,休班的工人又从村子里借来两盏马灯,就这样没耽误钻进,进尺顺利超过1000米。

　　4月19日上午,萨55井胜利完钻,1205钻井队实现了"3天上千,5天完钻"的目标。

这是铁人王进喜率领1205队到大庆打的第一口井,被称作"铁人一口井"。5月20日投产,最高日产113吨。累计产油15万多吨。

永远的铁人
—
百集经典故事

21

大会战的"第一个标杆"

为了快打井、快出油,王进喜没白天没黑夜,把自己"焊"在了井场上,被房东赵大娘称作"铁人"!老人家不会想到,这个称呼飞跃茫茫荒原,落到了石油工业部部长、会战工委书记余秋里的案头上。

1960年4月,大庆油田第一次技术座谈会召开。会议最后一天,余部长做会议总结。当讲到大会战的目标"要高速度、高水平地拿下大油田"时,他高声问道:"王进喜来了没有?"台下的王进喜突然听到自己的名字,愣了一下,赶紧站了起来。

余秋里说:"来来来,到中间来,叫大家看看!"王进喜不好意思去,最后被一个干部拉到中间站在高处。人们看到,这个日夜操劳的钻井队长,脸黑黑的,颧骨很高,看起来有些疲惫,但两眼炯炯有神,无不透露着坚毅。

余部长对大家说:"这就是王进喜,大会战的第一个英雄。他来到这儿,一不问吃二不问住,先问钻机到了没有,井位在哪里,这里的钻井纪录是多少。钻机到了,没有吊车拖拉机,他就带领全队靠'人拉肩扛'把钻机抬了上去。为了工作,他日夜不离井场,把自己的摩托车用来跑配件,体现了工人阶级的高度觉悟。房东大娘管他叫

'铁人',这是一个非常光荣的称号!"

"我们就是要有王铁人那种能够压倒一切困难而不被困难所压倒的英雄气概,把大会战打上去,高速度、高水平地拿下大油田!"

讲完,余部长带头高呼:"向王铁人学习!向王铁人致敬!"听着会场响起的热烈掌声和口号声,站在台上的王进喜激动万分,更深深感到了肩上责任的重量!

　　这之后不久,"学铁人、做铁人"的热潮在整个油田掀起。从第一个标杆到"五面红旗",再到百名标兵,"一旗高举万旗红"的蓬勃局面,把大会战推向了高潮!

永远的铁人
—
百集经典故事

22

篝火学"两论"

1960年4月，面对大会战遇到的重重困难，会战领导小组以石油工业部机关党委的名义作出"关于学习毛泽东同志所著《实践论》《矛盾论》的决定"，用辩证唯物主义的立场、观点、方法来组织大会战的全部工作。一时间，4万多册"两论"单行本紧急调往大庆，干部职工掀起了学"两论"的热潮。

1205队里，王进喜和党支部书记孙永臣第一时间就制订了学习计划。一开始，他们还担心大伙儿文化水平不高，学不懂。正在发愁时，指挥部给队里派来了几名北京石油学院来实习的大学生，这可把王队长高兴坏了。

就这样，1205钻井队全队白天打井，晚上，王队长就招呼大伙："咱们来一段！"于是，一群人点着油灯、围着篝火，听大学生"老师"用通俗的语言讲解抽象的哲学概念，再结合实际展开热烈讨论。王进喜带头，学得最认真。几天下来，他们对"矛盾规律、实践第一、掌握第一手资料"这些概念，渐渐有了自己的认识和理解。

这天,大伙儿又围坐在一起,讨论当前的主要矛盾是什么。有的工人说,是吃不饱穿不暖;有的说,是打井设备不够用。王队长却只管听着、思考着,不说话。

等所有人都发完言,他才抬起头,慢慢环顾着大伙儿说:"你们说的这些困难,都是矛盾,可是,都不是主要矛盾。这困难,那困难,国家缺油是最大的困难;这矛盾,那矛盾,国家建设等油用是最主要的矛盾。"

"面对困难,咱石油工人能干的是啥?就是拼命打井,早日拿下大油田,这样才能解决国家缺油这个大矛盾!"

掷地有声的一番话,彻底解开了大伙儿的心结,更赢得了一阵掌声。现在,方向明确,思想统一,拿下大油田的誓言终将变成现实!

"青天一顶星星亮,草原一片篝火红,人人手里捧毛选,两论学习方向明"。正是在"两论"思想的指导下,以王进喜为代表的会战大军战胜了一个个难以想象的困难,把中国贫油的帽子甩进了太平洋。

永远的铁人
——
百集经典故事

23

万人大会立誓言

1960年4月29日,苍茫的萨尔图草原上,石油大会战誓师大会隆重召开。铁人王进喜登台讲话的瞬间,成为大庆油田创业史中的经典片段。

那天凌晨,人们早早地从四面八方奔向会场。可王队长却还在萨55井指挥搬家。谁也没想到,工人们在拉动钻杆上的枕木时,一根飞快滚动的钻杆砸在了王进喜的右腿上!他忍住巨大的疼痛,只是简单处理了伤口,就继续指挥生产,还对大家说:"领导要是知道我受了伤,非叫我住院不可,这件事儿谁也不准向外讲。"

上午10点,誓师大会正式开始。

伴随着众人的呐喊与喝彩,17个一级红旗单位、14个先进集体和223名红旗手代表步入会场。作为大会战的第一个标杆,王进喜披双红、戴大花,骑在一匹高头大马上,由探区领导牵马引镫,从松枝搭成的"英雄门"进入会场,绕场一周。

　　石油工业部部长余秋里作出重要指示,会战总指挥、副部长康世恩发布战斗命令。"王铁人"则代表会战职工发言,表达了拿下大油田的决心。

想到北京公交车上背着的煤气包,国家缺油像千斤重担压得他喘不过气;想到盼了多少年的大油田,今天终于展露在人们面前,王进喜感慨万千,他激动地说道:"我们一定要把这块大地钻穿、钻遍,让石油多喷、猛喷,把我国石油工业落后的帽子扔到太平洋去!""今后党指向哪里,我就干到哪里!"

"旧洋油问题必须甩掉,有条件要上,没条件创造条件也要上。"正是在这次誓师大会上,铁人立下了那句流传至今的钢铁承诺:"宁肯少活20年,拼命也要拿下大油田!"

誓言铮铮,群情激荡。余秋里部长带头高呼:"向'铁人'学习!人人做'铁人'!"刹那间"向王进喜同志学习""向王进喜同志致敬"的口号声响彻云霄,撼天动地。

从这一天起,气吞山河的石油大会战正式打响!

永远的铁人
—
百集经典故事

24

不服管的"伤员"

  这天,井场上一片繁忙。工人们正在为第二口油井按时开钻忙碌着,大家干得汗流浃背。蓝天白云下,红旗飘飘,显得更加壮美。

  看着大家忙活,王进喜尽管身子累,伤腿也很疼,但心里却美滋滋的。除了大家干得好,还有一个重要原因,那就是全队按照他的命令做好了保密工作,对外特别是对上,都不知道他右腿受伤的消息。

战区万人誓师大会后,王进喜的伤腿肿得有碗口那么粗,疼得更厉害了,每走一步都很艰难。他对大家说:"我受伤对外要保密,谁说了我就处分谁!"

王进喜拄着拐,在新老两个井场上指挥拆卸、搬家、安装。由于伤口没有及时治疗,越来越严重。三探区的总指挥宋振明知道后,立刻派人把王进喜送到萨尔图人民医院。看着他换好病号服、躺在床上睡着了,才放心离开。可等他天黑到队里一看,王队长又拄着拐在井上忙活着。

"人又不是泥捏的,哪那么娇气。干惯活的人躺不住,一躺可就真的要病了。"来井场上劝归的医生拗不过他,只好送来些药品和纱布。

　　这件事让上级领导知道了，决定把他送到齐齐哈尔住院，以为送远点能让他安心治疗。

　　谁承想，没两天王进喜又跑了回来。

　　当时正是夜里，还下着大雨，大家看队长挂着拐，浑身湿淋淋的，腿上裹着纱布，满脚是泥，个个心里难过，有人甚至流下泪来。

　　王进喜说："你们别急别怕，我好好的，现在井上活多，队里事多，我回来坐着，看你们干也觉着安心！"

永远的铁人
——
百集经典故事

25

带伤搞创新

1960年4月29日凌晨,在第一口井往第二口井搬家时,王进喜的腿被砸伤了。那真是钻心的疼!大家伙劝他回去修养,可他却说:"我脑子没伤,可以留下来给你们出出主意嘛。"

王进喜是这么说的,也是这么做的。想起工人们提出"去支架"降低钻台高度的建议,但一直还没拿出个实施方案,他就开始在这个问题上下功夫。王进喜找来技术员郭继贤商量,又找来技术骨干一起讨论,大家觉得这个建议可行。

所谓"去支架",就是把钻机底下的四个支架取消,把上大梁直接扣在船型底座上,使钻台降到一米以下。这样,人拉肩扛往钻台上搬钻机这样五六吨重的大件可就省劲多了。

随后,王进喜和技术人员去找探区指挥宋振明汇报,没承想,把宋振明吓了一跳。要知道,改变钻台结构,这是前人没干过的事。

"能行吗?"宋振明有点吃不准。

王进喜倒是胸有成竹,他耐心细致地给宋振明作出讲解。

宋振明是了解王进喜的,知道他绝对不是瞎干蛮干,可还是不放心,于是,把机动处机械工程师王彦达派去1205队,把关检查,帮助改进。

　　有了领导的支持,王进喜更有了把握。他和王工程师重新审核了方案,不顾腿上的伤痛,加班加点地进行井架改造。经过实践,这一改造项目效果立竿见影,大大减轻了人拉肩扛的劳动强度,节省了大量时间,同时也避免了安全事故的发生。

　　其他钻井队听说这件事,一开始还不相信。但耳听为虚,眼见为实,直到去1205队观摩学习之后,都竖起了大拇指,称赞道:"铁人真有办法,我们打心里头佩服啊!"

永远的铁人
百集经典故事

26

勇跳泥浆池

  1205队打的第二口井,地处高压区。王进喜根据多年经验,把防止井漏井喷当作重点,在开钻前提出要用重晶石粉。可派送点暂时没有货,只能送来500袋固井用的水泥,也算是有备无患。
  钻杆在飞速地旋转,向着地层深处一点点推进,可钻至700多米时,突然警铃大作,井喷了!

　　危急时刻,王进喜一方面通知全队集合,另一方面告诉司钻不能停钻,让钻杆保持在井里旋转,同时,叫人管住明火,绝对不能引起火灾。

　　液柱越喷越猛,越来越高,一场大事故近在眼前!

　　王进喜急中生智,果断地提出了用固井水泥压井,大量的水泥加到池内后,一时也不能和泥浆混合,起不到压井的作用,就在这时,王进喜奋不顾身,扔掉拐杖,突然跳进泥浆池,用身体搅拌泥浆。

冰冷刺骨的泥浆池里,王进喜早已忘了腿上还有没痊愈的伤口,他拼尽全力,艰难挥舞着双臂,焦急的眼神紧盯着井喷的方向。

队长的行动就是号召,司钻戴祝文、丁国堂等人见状,也跟着队长跳了下去!

大家奋不顾身,齐心协力,奋力搅拌着水泥、黄土配制的高比重泥浆!逐渐均匀的泥浆顺利通过循环管线和钻杆强力注入地下,形成了一股无比强大的压力,硬是把喷出的"气老虎""水老虎"一点一点压制了下去!经过3个小时的紧张搏斗,井喷终于被制服了!

等大家把王队长扶上来时,他腿上的伤口已经被泥浆浸泡得不成样子,身上、脸上、手上也被化学药剂烧起了血泡。工人们要送他回队部,他却拒绝了,就坐在那里,抓紧分派处理事故后的各种问题。

压住井喷后,1205队仅用4天时间就打完了这口井,并创造出日进尺535米的全战区最高纪录。

永远的铁人
百集经典故事

27

晋升钻井工程师

1960年6月1日,大庆石油会战首战告捷,大庆油田生产的首车原油外运,这对会战将士来说是极大的鼓舞。

1205队用4天时间打完一口井后,又在5月份创造了月进尺2060米的当时最高纪录。全战区学铁人、做铁人的运动一浪高过一浪。王进喜是个谦虚谨慎、永不满足的人,他带着全队员工戒骄戒躁,决心大战6月份,向党的生日献礼。

6月份，王进喜将全队的奋斗目标定为"实现四开三完，争取四开四完"。

这一天，井场上人声鼎沸，机器声轰鸣，探区集中所有的大拖拉机给1205队搞一次整拖搬家。王进喜领人看好地形、勘查线路、制订方案，确定行车路线和指挥手势。一声号令下，12台拖拉机拉起60多吨重的井架和钻机来了一个大调头，安全顺利地拖到新井场，完成了大庆的第一次整拖搬家，也是第一次"大调头整拖"。

经过全队奋力拼搏，到6月月底，他们整整打了4口井，实现了月初定下的"四开四完"的奋斗目标，还创造了班进尺225米、日进尺707米的最高纪录。

　　1205队来大庆3个月,已打井7口,是当时打井最多的一个队,并且合格率都达到百分之百,成本却还能不断降低。队长王进喜还破天荒地被晋升为钻井工程师,这是对铁人苦心钻研钻井技术、提高钻井速度的一种肯定。铁人苦干实干,认真钻研,成为我国石油战线第一批从工人中提拔的钻井工程师。

永远的铁人
——
百集经典故事

28

五面红旗

1960年7月1日，为了庆祝建党39周年，会战指挥部在"万人广场"召开了第三次万人大会。

这次会议，最引人注目的莫过于表彰赫赫有名的"五面红旗"，而名列首位的，就是大会战的第一个标杆——铁人王进喜。

回首半年来，王进喜带领1205钻井队，靠"人拉肩扛"运钻机，破冰端水保开钻，终于打出了大庆的第一口生产井，创造了新的钻井纪录。在井喷的危急时刻，他勇跳泥浆池，用身体搅拌泥浆制服了井喷——这种忘我拼搏的精神，被群众看在眼里，记在心上，成为名副其实的"铁人"。

会上，石油工业部副部长康世恩感慨地说道："大家干劲很足，不仅有一个铁人，还出现了马德仁、段兴枝、薛国邦、朱洪昌等先进典型，他们是全战区的'五面红旗'！"场下顿时响起了雷鸣般的掌声。

随后,五名劳模披红戴花,骑着高头大马绕场一周,铁人走在最前头。与会的干部员工振臂高呼:"向铁人王进喜学习!向'五面红旗'学习!"

这次会议后,石油工业部机关党委作出《关于开展学习"王马段薛朱"运动的决定》,全油田无论是哪条战线、哪个单位,无论是干部工人,还是技术人员,都要向铁人学习,向"五面红旗"学习。

可当同志们私底下找到铁人,请他讲讲自己的事迹时,他却说:"工作是全队工人干的,荣誉是党给的,我自己干的很少,干得不好啊。""我们争的不是自己的一面小红旗,我们要争的是全国这面大红旗!"

在"五面红旗"的带领下,大会战展现出"前浪滚滚后浪涌,一旗高举万旗红"的喜人局面。正如这首诗中所写:
一面红旗红一点,五面红旗红一线;
百面红旗红一片,红遍整个大油田!

永远的铁人
——
百集经典故事

29

特殊的现场会

7月份大雨不断,荒原上汪洋一片。

这一天清晨,天渐放晴。王进喜从井上回来,把大家叫过来,严肃地对大家说:"咱们今天开个现场会。"

只见他拿来一个刚开封印有洋文字的机油桶,一盆机油,一个机油滤子。大家看到盆里的机油有些浑浊,盆底沉淀出一些渣渣沫沫,而机油滤子中则有一团黑乎乎像杂草沫子一样的东西。

工人们看到都惊呆了。机油是用在机器"内脏"和零部件中的润滑剂,最基本的要求是清洁纯正,不能有杂质。像这样的机油,加到机器里,后果不堪设想。

王进喜拿起滤子对大家说:"同志们,你们看看,这上面是什么?"

大伙儿一瞧,"这不是草渣子吗?"

王进喜说:"这就是从咱们机油里过滤出来的马粪沫子,为什么啊?因为有一半的石油咱们是需要进口的,那些大国家想用石油'卡'我们的脖子,就在供应上给咱们捣鬼啊!不仅给的少,夏天给冬天用的,冬天给夏天用的。咱们队还算是好的,有的队机油里还有女人的高跟鞋、丝袜,同志们这又是为什么?"

说到这里,大家集体沉默了,似乎每个人心中都有团火在熊熊燃烧。

王进喜接着说:"就是因为我们国家穷啊!咱们想搞建设咱们没有油,有求于人家那滋味儿可真不好受啊。现在大油田就摆在咱们脚底下,我们不能守着金饭碗出去要饭去啊!"

这时候,人群里早已按捺不住,忽然有人高喊一声:"队长,我们听你的!"

"是啊队长,你就下命令吧!"人们齐声高呼起来。

现场会群情激昂,异常热烈,大家你一言我一语,恨不得一拳就砸出一口井。

那一刻,看着眼前熟悉的战友,忽然一股"热浪"涌上王进喜的心头。他忍不住一瞬间就模糊了双眼……

永远的铁人
—
百集经典故事

30

雨中钻进

　　1960年8月，萨尔图草原上仍是阵雨不停，积水不退，蚊虫滋生。钻井生产面临着严峻挑战。

　　又一场大雨过后，新井场用的钻杆都淹在水中。为了保证按时开钻，王进喜领着队员们抢抬钻杆。可大伙想到他腿伤还没好，又有关节炎，都不同意让他抬。王进喜一听急了："光指挥不干活咋行么，那不成官僚了？"说罢，他挽起袖子，硬是深一脚、浅一脚，和大伙一起把一百多根钻杆从水里捞出来，抬到井场，排列整齐。

　　新井场上积水也很深，原来的简易值班房已经不能使用，王进喜就找来大家一起想办法，最后决定用枕木垒起一个台子，把4立方米的水池侧翻过来，立在上面当值班房，这样开会避雨都能用了，铁皮墙上还用大红纸贴出8月钻进目标：

　　全队总动员，誓与老天争时间。

　　不怕雨大蚊虫咬，五开五完定实现！

开钻后,雨还是不停,工人们就顶着雨提卡瓦、打大钳。

眼见黑云密布,雨丝打在脸上像鞭抽一样疼,王队长跑上钻台和大家一起打大钳,边打边说:"同志们,还记得咱刚来时候,人拉肩扛的劲头吗?"

说完,就带头喊起了号子:"石油工人一声吼,地球也要抖三抖。石油工人干劲大,天大困难也不怕。哪管天上下刀子,进尺一分也不差!"

大伙听了,大受鼓舞,都叫起好来,干得比平时还带劲儿!

指导员孙永臣说:"咱五队,风雪吹吹不倒,大雨浇不发愁,得高高兴兴和天公斗!"

一阵大雨又浇了下来,可再大的雨,也难不倒这群英雄好汉!英勇的五队带着乐观豪迈的精神和天公展开了"较量"!

31

"难缠队长"

在大庆油田地质指挥所里流传着这样一句话：王队长的井，一分一秒也不能耽误，否则他可是要"打"上门来的。

王进喜一直把快打井、早出油作为工作目标。当时，他刚和队友们在大庆打下第一口油井，人拉肩扛、破冰端水没有磨灭他的斗志，反而增强了他的信心。

进入8月份，偏偏这第二口井，却让他犯了愁。井固完了，却因为射孔层位定不下来，必须停止打井，一停还是十几个小时。草原雨季施工本来就难，为了实现"五开五完"，更要争分夺秒。王进喜骑上摩托，直接冲到负责定射孔层位的地质指挥所。

年轻的技术员回答得不紧不慢："不就是少打点进尺，至于吗？"王进喜急得脑袋上面直冒火。"几十号人在井上干等，你说不至于？大家都像你，咱们这顶贫油的帽子要戴到什么时候！今天层位定不下来，我就睡你们这儿了。"

听见争论声，地质指挥所的所长连忙从里屋出来解围。王进喜一看是在玉门时的老领导，赶紧说清事情原委，所长看王进喜急得一头汗，给他倒了杯水，立即布置连夜找资料，搞对比，定层位。填好通知书，交给了王进喜。

至此，王进喜"难缠队长"的称号算是彻底出了名，凡是他负责的井，再也没有出现过类似的情况。他带领着1205队，战雷雨，斗蚊虫，越打越勇，8月实现了"五开五完"的奋斗目标。

永 远 的 铁 人
—
百集经典故事

32

上下一条心

　　1960年8月,松嫩平原进入雨季,大雨时下时停,井场积水始终未撤。在如此恶劣的环境下,整个钻井战线决心"战胜雨季,勇攀高峰"。

　　与1205队在同一个区打井的马德仁1202队和段兴枝1247队都要实现"五开五完",谁也不甘示弱。特别是"新疆青年猛虎"钻井队——孙玉廷1203队更是喊出"铁人头上出钢人"的口号,誓要创出更高纪录,超过铁人队。

1205队担负的任务比较重,井深、地层硬、压力高,但由于全队抓得紧、干劲高,头两口井处于领先地位。可第二口井钻完测井时,测8队的工人不小心把测井仪重锤掉在了井里,一捞就是八九个小时。这一耽误,便被1202、1203队赶了上来。1205队工人们心急火燎,摩拳擦掌,提出了"上下一条心,坚决赶老孙"的口号,决心要迎头赶上去。

为了稳住阵脚,铁人把骨干们找来开钻前会,对大家说:"你们不要急,马德仁、孙玉廷虽然早开钻一两天,但我们第三口井准备得好,又有前两口井的经验,再选个好钻头,创它一个日进尺纪录,一下子就赶过他们!"

风雨中,1205队的井架昂然屹立,稳如泰山。第三口井开钻后,全队工人拿出"大雨不停工,小雨当晴天,晴天一天顶三天"的劲头,稳扎稳打,快速有序,终于在8月18日创造了日进尺738.24米的纪录,一下子就超过了1202队和1203队。

不仅如此,1205队还实现了"五开五完",创下了全月进尺5466米,搬家周期5小时等当时的一批钻井纪录。

33 大战"北一排"

1960年9月，按照"先注水后采油"的开发方针，会战总部决定向东、南、北方向扩大开发，集中钻井队上"北一排"打注水井。

10月下雪后，气温骤降，已是装建大队大队长的王进喜组织工人们决心战风雪、斗严寒，井打到哪里，后勤保障就做到哪里，并喊出了"不怕地冻九尺雪成山，钻井工人无冬天"的战斗口号。

白雪皑皑的北区大地上，十几部钻机摆开战场。在这里装建大队集中配置了将近20台大型拖拉机，10几台锅炉，以及配套的管线、阀门和保温器材。

　　一天早上,气温降到零下 20 多摄氏度,由于进口油品不对号,冬季用的是夏季油,拖拉机跑着跑着就熄火,经常误事。王进喜问清了原因,一边向上级反映情况,一边同工人们商量解决这个难题的办法。他提出把拖拉机排气管加以改造,引到后油箱,给柴油加温。改造后,机车好发动,跑得快,中途熄火的情况也少了。装建工人们都说:"看起来铁人大队长真不外行!"

在冰天雪地里打井，钻机经常被冻住，井架上的大冰溜子一排一排的，足足有几米长。1205队因泥浆泵被冻成铁疙瘩，连开三次钻都没开起来。王进喜心急如焚，他带领锅炉车间的工人们上锅炉、接管线、搭棚布，千方百计保证钻机取暖。各井队的锅炉工第一次在高寒地区烧锅炉，没有经验，王进喜就同锅炉车间一起组织近百人参加速成司炉学习班。他既是组织者，又是学员，和工人们一起听技术干部讲课，一起操练。

由于上下团结一心齐努力，在缺乏高寒地区作业经验的情况下，刚组建不久的装建大队，出色地完成了任务，保证了大战"北一排"的顺利展开。

永远的铁人
百集经典故事

34

秦腔迷

八百里秦川唱古韵，三千万民众吼秦音。铁人王进喜唯一的爱好，就是听秦腔。

小时候没钱买票，他就到戏园子外扒门缝听，偷学几句跑到西河坝上吼。刚参加工作那时候，他经常跑到玉门油矿和吐哈看秦腔，一看就大半天，因为这事，挨了领导多次批评。

铁人常听的唱段有很多，他喜欢杨家将的忠勇、花木兰的爱国、王宝钏的坚贞，以及关云长的信义、张飞的豪放……这些传奇人物的优秀品质潜移默化地影响着他的人生观和价值观。

  1960年参加大庆石油会战,铁人憋了两年没看秦腔戏。等工作理顺有了时间,他就用得奖的一台电唱机听秦腔。只要那粗犷豪放的乡音一响,他便入了迷。
  一天半夜,铁人起来上厕所,忽然听到一个屋里正小声放着秦腔。他心里痒痒,悄悄蹲在门口听,被屋里的保养站工人发现了,赶紧让铁人进屋,两人开着留声机一直听到天光放亮。

这以后，铁人也意识到了职工们精神生活的匮乏。为了改变这种状况，他把西安三易社、尚友社来大庆时赠给钻井指挥部的乐器找出来，又把会唱秦腔的职工和家属组织起来，组成一支业余秦腔演出队。一有时间就编排几出古装戏或者反映钻井生活的节目，下井队巡演。

夕阳西下，劳累了一天的钻工们听着一声声熟悉的唱腔，疲惫的脸上渐渐绽放出笑容，他们也不时地跟着旋律吼上几嗓子，再打起井来，又是精神抖擞，干劲十足。

豪放的秦腔，是铁人与家乡的纽带，他把自己对家乡的爱、对群众的情都融入其中，成为会战时期"大苦中的大乐"。

永远的铁人
——
百集经典故事

35

三间菜窖建基业

　　1961年，钻井指挥部决定成立两个生产井大队，王进喜被调到二大队担任大队长兼党总支书记。

　　这天清晨，大队七名干部迎着寒风、背着行李、扛着粮食，来到一个叫星火牛场的地方。

王进喜指着半地下式的土房子说:"去年冬天,装建大队在这里存过菜,咱就拿它当大队部吧!"

大家伙都表示同意,随即就忙活起来。有的捡柴点火融冰,有的砌炉垒灶修烟囱,有的捡来边角料堵门窗,有的清烂菜抱羊草搭地铺。

大队部很快收拾出三间菜窖,一间当灶房,两间用来办公和住人。其中一间用苇席隔开,里间住女的,外面住男的。

没有桌子,就捡一块刨花板支起来,这样既能办公写字又可以吃饭。收拾完,用原油点起"地龙"火炉,不一会儿屋里就热乎了。大家打开行李,坐在地铺上谈笑着。屋外冰天雪地,菜窖里却暖意融融。

这时候,副书记徐锦荣建议写副对联:

上联:三间菜窖建基业;

下联:白手起家定乾坤;

横批:前途光明。

蓝天白雪,鲜红的对联。钻井二大队就在这喜庆中召开了第一次工作会。王进喜严肃地说:"咱条件苦任务重,我只提两条。一是有也上,无也上,创造条件上,一切自己动手;二是以生产为中心,一律先当调度员,两个女同志也要下井队跑情况。我呀,文化低,没个领导水平,脾气又大,希望同志们多提意见、多批评,只要把咱二大队工作干好!"

徐锦荣提议说:"余部长说的,人人学铁人、做铁人,咱们也要建成钢铁二大队!"

没有剪彩,没有鞭炮,钻井二大队就这样诞生了。虽然人马不多,但大家都迎着困难,以生龙活虎的干劲儿,热火朝天地开展各项工作!

永远的铁人
——
百集经典故事

36

"跑井"工作法

蓝天白云之下，茫茫原野之间，一辆摩托夹裹着尘烟，由远而近，再由近而远，渐渐隐没于蓝天原野间。

这辆被工人们称为"小黑兔"的摩托车就是王进喜的"坐骑"。而此刻的他却无心游览风光野趣，心里装的都是井、井、井！

升任了大队长，王进喜统管着十二个钻井队。这十二个队伍分散在油田各地，如何做到及时掌握生产情况？于是在第一次生产会上，他就提出——"跑井"工作法。会后，王进喜骑上他的摩托车，开始在各井之间穿梭奔走了解情况。下到井队，王进喜看得认真，问得仔细，各类情况、问题、难处都记在本子上。过后，千方百计找解决办法，解除井队的后顾之忧。

榜样自带向心力。王进喜不怕苦累、深入基层的作风极具感染力,让整个大队的工作风气为之一新。调度员丁世勤眼睛近视,也同样早出晚归地"跑井"。一次,丁世勤为了给井队取配泥浆的药品,回来时迷了路,只能借着仅有的月光在雪地芦苇中寻找出路。幸亏大队长王进喜骑摩托路过附近时发现了他。为了不耽误打井进度,两人连夜将药品送到井队,等他们回来时,天已经亮了。

一次在会上,王进喜说:"领导把一个大队交给你,一千多人、十几个队,咋个带法?首先就要摸清这个队伍怎么样,思想、技术、作风,过硬不过硬。要想知道,就得一个队一个队地跑啊!叫你去不是当官老爷,是当人民的勤务员!不知道的、不懂的就去问、去看、去调查。调查研究好了,才有办法,才有说话的本钱。"

不当官老爷,当人民的勤务员!这不愧是铁骨铮铮的王进喜!

永远的铁人
——
百集经典故事

37

铁人"三件宝"

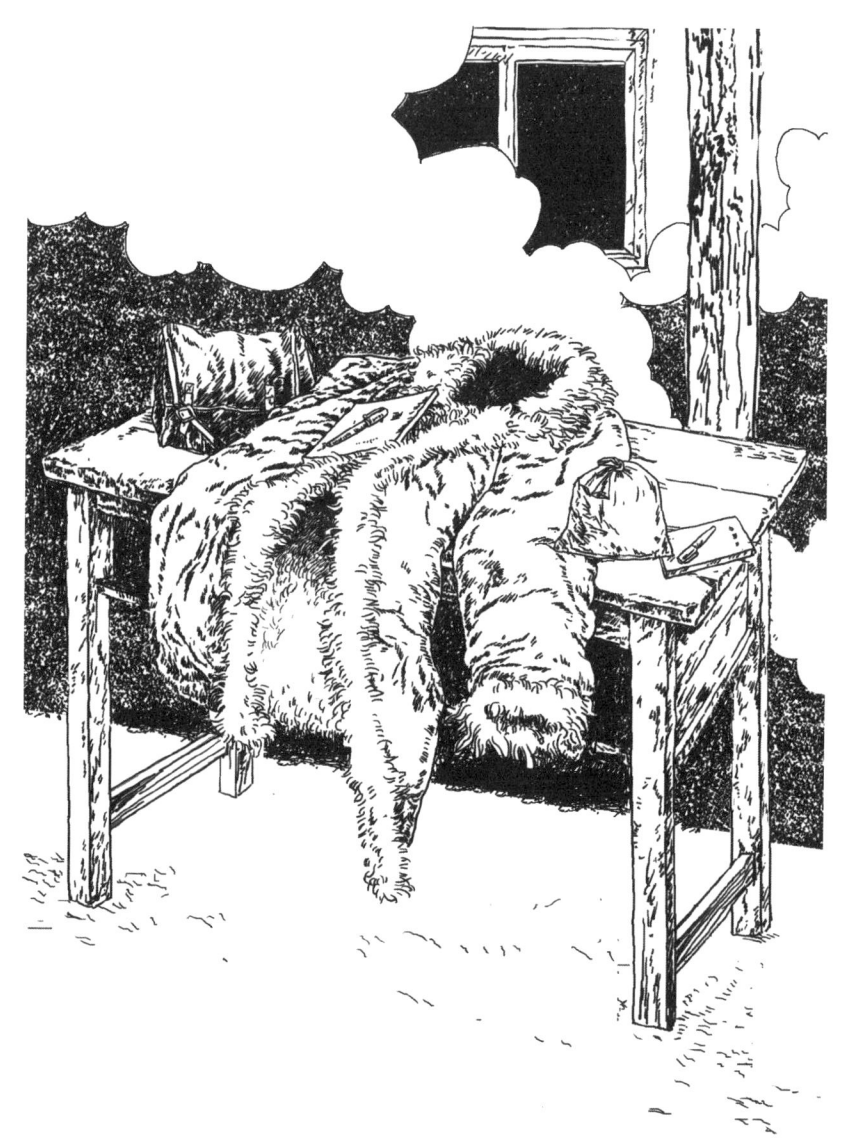

　　开发初期的大庆油田,一派洪荒未脱的气象。天地苍茫间,总能看见一个人身披羊皮袄,斜挎着布袋,脚步沉稳,透着坚毅之气。这就是王进喜,油田皆知的铁人。

　　当了钻井指挥部生产二大队大队长的铁人,统管着十二个钻井队。为了精确掌握各井队生产情况,解决实际困难,他就"跑井"——骑着摩托车,带上技术员,在各井队之间穿梭。

1961年，正值三年困难时期。铁人每到一个井队，先查看食堂，他深知国家困难，粮食定量低，就关心大伙能不能吃饱。为了不给井队增添负担，他从不在基层吃饭，而是让老伴缝了一个布袋子，里面装着炒好的棒子面，随身背着。

这天到了饭点，铁人就掏出个搪瓷缸子，解下炒面袋，抓把炒面放进去，倒上开水一冲，就是一顿饭。大伙看着不忍心，打来饭菜，他却一筷子都不动，说道："饭菜要是让我吃了，你们吃啥嘛？"说完，把饭菜给大家分了，自顾自地吃起炒面。

于是，这炒面袋，加上羊皮袄、笔记本，组成了铁人"跑井"的"三件宝"。大事小事都记在本子上；饿了，就吃炒面；困了，羊皮袄一裹，合身而卧。有时挎包不在身边，到了饭点儿，他就借故走开，饿上一顿也是常有的事。

　　火车跑得快，全靠车头带。保养站的同志看着铁人没黑没白地忙，深受触动，就学习铁人的作风，住在办公室，井上有事起来就去。他们背着干粮袋上井，后来又加上工具袋、配件袋。机器坏了就修，配件坏了就换，肚子饿了有干粮，工作不完不回家。

　　就这样，铁人的"三件宝"，被机修工人发展成"三袋"，也让深入基层、深入群众的好作风，"袋袋"相传。

38

帮职工搬家

王进喜虽然嘴上说："头等重要的是生产，二等重要的还是生产"，但当职工生活面临困难时，他比谁都焦急。

大队盖了"干打垒"、红砖房，但住房仍然紧张，还有不少职工家没有搬到大队"生活基地"。这是王进喜的牵挂，每当跑井或办事，他总要特意绕道去看望这些职工家庭，有困难立马给解决。

一天，王进喜到杨树林农副业队检查完工作，顺便去看望附近的家属。老远看见一位大娘挪动着一双小脚，到已经冻成冰山的井口去挑水，心里猛地一颤，赶紧抢上前接过挑子给大娘送进屋里，坐下一唠才知道这是1205队司钻田维新的家。

田维新的老母亲60多岁了，两个孩子还小，一家5口一直住在老乡扔下的破"干打垒"里。田维新肾炎住院，爱人去护理，家里就留下老母亲照顾孩子。

回大队的路上王进喜一直自责：我这是当的什么大队长啊，工人跟我打井是拼命，老人在冰上挑水更是拼命啊！他们上井干活咋能安心呀！

回到大队，王进喜把地质室负责人孟济良叫来，让他给倒腾出一间办公室，还要有自来水的。孟济良说倒不出。

王进喜生气地说道："倒不出也得倒！工人的母亲就是咱的母亲。那么冷的天，那么小的脚，多难呀！为什么偏叫你们倒，因为只有你们屋有自来水啊！"

　　老孟眼里闪着泪花回去腾房子。王进喜又派人把田维新的家搬来,还安排卫生所给老人孩子检查身体,送药上门。

　　这一切,住院的田维新一无所知,直到有一天,他为了取东西回到杨树林,一看房子空了。等打听明白赶到新家,只见老母亲正坐在暖和的火墙边哄孩子玩,祖孙两代都乐出了声。他眼睛一下子湿润了,心想:爹妈给我一条命,大队长帮我张罗一个家呀!

　　这就是铁人,他的骨子里全是柔情,总想着温暖群众。

永远的铁人
—
百集经典故事

39

抓生产也要抓生活

　　钻井二大队建成后,家属也随之安置,因设施不全,生活极为不便。每到月底,去萨尔图买粮,往返要走三十多里地,考虑到大家生活不便利,王进喜打算就近设个粮店。

　　说干就干,他们自建了一栋砖房,以高标号水泥铺地。俗话说手里有粮,心里不慌。粮店问题解决了,王进喜又和相关部门协商,先后建起商店、邮局、储蓄所、幼儿园、理发室、澡堂子……可以说是样样俱全、应有尽有,俨然一个生机勃勃的小镇子。

大队一建立，铁人就给大家配备了卫生员，他关心职工和家属，尤其是老人、孩子的身体。铁人虽然不懂医学，但办医思想很明确，他常说，这事人命关天，病来如山倒，说来就来，不分时候。所以铁人要求卫生所里药品要全，人员要精，要做到全天有人值班，随时接待患者。医生还要下井队巡回，为前线工人体检、看病、开药、检查食堂卫生，即使交通不便，走着也要去。工人们都说，跟着这样的领导干，舒心，痛快！

王进喜遇到职工的问题特别细心，对自己却从不搞特权，他的胃病很重，还有关节炎，实在挺不住了，才吃片药，或是打一针，这些都是自己来。他爱人有糖尿病，也很少麻烦医生，老人孩子病了，就用车子推着来看病，从不要求上门服务，这也是王进喜最可贵的品质。

  因为铁人克己自律、狠抓实干，两三年间，二大队"摇身一变"，"干打垒"成院、红砖房成排，设施完备，安其居、乐其业，一派欣欣向荣的样子。

  大家都说，大队长眼光远，胸怀宽，事事为生产着想，处处为群众谋利益，是个好当家人！

永远的铁人
——百集经典故事

40

正人先正己

王进喜宽以待人，严以律己，对自己要求十分严格。他说："正人要先正己，打铁须得自身硬。"

王进喜当队长时，吃住在井场，很少能按时吃上一口热乎饭，当上大队长以后，更是没日没夜地工作，就索性把炒面袋背在身后，饿了就找开水冲炒面吃上一口，长此以往，身体一天比一天差，得了严重的胃病。

大队工会知道他家里困难，身体不好，决定给他长期发放补助，还经常发放营养品给他，但补助款他不去领，工会员工给他送来了，他就转送给二大队住院的职工。

  大家心疼王进喜的身体,担心这样下去,就算是"铁人",也非得累垮不可。

  钻井指挥部决定在每月定量的粮食内,特批给王进喜增加些细粮,让他补养身体。他不干,但拗不过上级,只好服从安排。

  当年给王进喜做过饭的老炊事员说,"铁人成天在井上,吃饭没个准点,每次都是一身泥一身水地回来,说是'小灶',无非也就是给他做点面片子、猫耳朵,加上辣子老醋就是改善生活了。"

　　会战初期由于条件艰苦,组织上考虑到钻井工人体力消耗特别大,所以就决定每月给他们补助六两保健肉。然而有一次,铁人回到家,发现家里多了一些大队生活组给发的肉。他意识到了问题的严重性,立即召开班子会研究处理。他说:"我们都是共产党的干部,越是在困难的时候,越要想到的是工人的利益,保健肉是党组织给一线工人的补贴,我们吃了,等于从工人的嘴里抠肉吃,咽得下去吗?"

　　会议最后决定,吃肉的人掏钱买高价肉补上,叫生活组发给工人,并且做出深刻的思想检查。

　　铁人的心思都在工人身上,都在打井上,却唯独没有他自己。

永远的铁人
——
百集经典故事

41

责任重于山

  大庆有句经验性的话叫"既抓钻头,又抓人头"。王进喜历来注重工人的人身安全。每次井架安装完,他都要检查安全工作:梯子安得结不结实,他要跑一遍试一试;护栏焊得牢不牢固,他要用手抓住晃几晃;钻台上严禁放多余的小零碎,必须搬干净,才允许开钻。

　　工人张补心力气大，干活卖力，司钻经常派他上二层平台或天车上顶替井架工，但他干完活嫌下梯子费事，就顺井架绷绳从高空往下溜，有时从钻杆往下溜，溜得远近都出了名。这种"溜钢丝"的行为十分危险，是被严令禁止的，但张补心总是旧习难改，终于再次因违反安全规定被停职写检查，最后叫大队领人，王进喜去接他，和他推心置腹地谈话，这让张补心想起了大队长对自己的种种关心，他表示下决心改正错误，遵守安全规则。从此，张补心不仅没再溜过钢丝，还处处注意保护自己。

1261队在装法兰盘时,厚度差了一毫米,王进喜发了一顿脾气叫他们换。带班干部却说:"大队长,就差这么一毫米,你抬抬手算了!"王进喜说:"规定的东西你们就该自觉遵守,我今天放你一毫米,明天你可能就差五毫米、十毫米,没说的,换!"

这样的事经常发生。王进喜左思右想,决定把制度严格落实好。

他来到各个井队,原原本本地把上级指示和中一注水站"一把火"的教训、北二注水站制定制度的经验传达给大家,和干部、工人们一起查物点数,划岗定责,建立起钻井队的岗位责任制。

铁人珍爱生命、重视安全,工人们也深深体会到了大队长的良苦用心。

永远的铁人
百集经典故事

42

制服高压井

打井最怕的就是井喷,而二大队的主战场——南区,最容易发生井喷。会战打响不久,看似平静的大地就给苦干的人们来了一个下马威。

1961年4月月初,罗1215队已交给采油队的南一区3排39井突然发生井喷。强大的气流带着高压水冲垮了采油装置,王进喜立即带人组成抢险队,抢关总闸门,保护井口,终于压制住了井喷。

井喷是制服了,但"该不该上南区"的话题却带给大家沉重的压力。王进喜深深感到,井喷并不可怕,危险在于人们的恐惧心理和畏难情绪。

为此,铁人召集大家开了一场"战胜高压区,打好高压井,胜利完成任务"的动员大会。他给大家作了一个很有气势的报告,对大家说,"咱们来到南区就不能再搬家跑掉,重担子挑上了就不能放下,二大队要守住这块阵地。"

会后,生产技术部的干部们挂上地质图和井口构造图,给工人开展技术业务培训,仔细讲解地下情况、防喷原理和措施。

铁人则身披老羊皮袄,肩背炒面袋,一个队一个队走,一口井一口井跑,和工人们一起劳动一起操作,共同摸索防治井喷的办法。他还带领大队干部到1275队和1284队蹲点,总结和传播他们预防井喷、打好高压井的经验,让大家学到解决问题的办法。

经过一段时间学习,各队都掌握了本领、增强了信心,井喷事故也很少再发生。

1961年年底,二大队交井90多口,其中高压区交井50多口,没有发生大的井喷事故,没有伤及人员和设备,钻井优质率达到90%以上。

永远的铁人
—
百集经典故事

43

难忘"四·一九"

1961年4月19日,会战指挥部在全油田范围内召开质量大会,会战各单位领导、各级干部、工人代表1000多人集中开会,木条凳都不够坐,有人就坐在地上。

那么,是什么原因,要召开这等规模的会议?

原来,一个月前,为了发挥"火车头"作用,钻井指挥部提出了"三四五出六"的目标,要求井队在冰天雪地里打出"三开三完""五开五完"甚至"六开六完",只追求速度却忘了质量,发生了井斜超标等生产问题,就连铁人王进喜带过的1205队,也把井打斜了。

会战指挥康世恩大发雷霆:"质量是油田的生命,谁不讲质量,我就和谁拼命!"

会上,钻井指挥部三名领导站到台上接受批评——"脱离实际搞高指标,急躁情绪假干劲"。

这时,担任钻井指挥部生产二大队大队长的王进喜从井上赶到会场。刚到礼堂门口,就有个工人让他赶快趴下。

"趴下干啥?"王进喜不解地问。

"哎呀,领导正批评咱们呢!"

铁人一听,难过地说:"披红戴花的时候你们推着我上台,这回挨批评了,就叫我趴下当狗熊。"

说完,铁人径直走上主席台,站在钻井指挥部领导身边,一起接受批评。

　　康指挥看见铁人，直接说道："你王进喜工作没做好，也一样要批评你。"

　　王进喜一声不吭听着领导的教训，句句落在心里像针扎一样：是啊，质量问题不光是技术问题，最重要的是责任心，尤其是我们干部的责任心！

　　想着想着，他懊悔地流下了眼泪，并对站在旁边接受批评的钻井指挥部指挥李敬说："是我们没把工作干好，叫领导受过了。以后看我的吧！"

　　"四·一九"大会，成为铁人心中的一座警钟。会后，他回到井队，带着干部工人一起检查质量问题，制订改进措施，下决心把丢掉的好作风重新找回来！

永远的铁人
百集经典故事

44

含泪填井

油田生产不是儿戏，从来没有常胜将军。作为钻井标杆的1205队，也曾遭遇过一场"霜打"。

"大干快上"的这段时间，因为单纯追求钻井速度却忽视了质量，不少井队出现了问题。可谁也没想到，连1205队也栽了跟头，把一口直井打成了斜井。接到消息的王进喜心情无比沉重，自己曾是1205队的队长，如今又是主管的大队长，这件事该怎么处理？

来到现场，听完情况汇报，他作出决定：填井！

填井，把自己亲手打的井再亲手填上，这是从来没干过的事，对1205钻井队来说更是五雷轰顶！

有人着急地说道："好不容易抢时间打的井，填上多可惜！"

王进喜当即呵斥："就是抢时间害了咱们！"说完，他低下头："都怪我，平常总跟你们强调速度，讲质量却讲得少。今天总结教训就从我开始，咱们一起把打井水平搞上去！"

一位工人还是心里憋屈,说:"填了这口井,就给咱标杆队的队史留下了耻辱的一页。"

王进喜一愣,沉默了。片刻,他环顾着大家,说道:"没有这一页,队史就是假的!这一页不但要记在队史上,还要刻在每个人的心里。要让后人都知道,我们填掉的不单纯是一口废井,更是填掉了低水平、老毛病和坏作风!"

说完,铁人大手一挥说道:"同志们,填井!"

接着,他带头背上水泥,迈着沉重的步子走上钻台。粉尘飞扬中,他眉头紧锁,眼神却异常坚定。工人们见状,个个噙着泪水,默默跟上老队长的步伐。一袋又一袋将水泥填到井内,直到把井填满。

  几天后，离此不远的一口新井，动工开钻！
  这口填上的井，就是后来的"严实井"。它时刻警醒后人，干工作要始终保持严实的作风，为油田负责一辈子。

永 远 的 铁 人
—
百集经典故事

45

为油田负责一辈子

会战初期,油田深处机器轰鸣,一个井队正在搬家,方钻杆随便一撂,连垫也没垫,现场有些忙乱。

就在这时,远处风风火火赶来一个人,大声制止着。

大家一看,正是大队长王进喜。只见他黑了脸,操着西北口音呵斥道:"又犯老毛病了?方钻杆咋能撂地上嘞?它要是弯了,井还能打直吗?"看工人们被训得不敢抬头,他气不打一处来:"还愣着干啥?快拿枕木给钻杆搭个'床'!"大家这才反应过来,赶紧行动。司钻吊起方钻杆,轻轻放在枕木上。王进喜不放心,又拿着水平仪去量,不平就再重做。

安排妥当,大队长又让大家背诵井打不直的顺口溜。看着老队长眉峰紧锁、神色凝重,大家心里直打鼓,一个接一个地背诵:"井架偏,钻杆弯,送钻不均匀,滚筒滚不圆……"他们知道背不出来的,定是要挨一顿训斥。

这是铁人小题大做吗?绝对不是!他深知责任之重,才严格要求每一位钻工,不留情面。

"油田质量大会"影响深远,王进喜和大队干部深入各个井队,谈思想、查隐患、讲教训、定措施,一切以质量为准绳。

这天,在1205队,队长张学贵惭愧地说:"我们给老队长脸上抹黑了……"铁人听了厉声喝道:"我王进喜脸黑脸白有啥关系?关键是对油田负责,负一辈子的责!"他平复一下情绪,又语重心长地说:"想打直井,心里要先有直井。要时时想着质量,不能为了抖威风、逞英雄,就让油田遭受损失啊……"

铁人的一席话,点亮了大家心里的灯。

　　从此以后,井队施工每道工序都严格把关、环环紧扣,"为油田负责一辈子"的誓言如同钻塔上的红旗,始终飘扬在油田上空。

永 远 的 铁 人

百集经典故事

46

一缸油的分量

老会战孙宝范在回忆铁人王进喜的时候,说起了和铁人共事时发生的一件小事。

那是夏天的一个早晨,孙宝范和徒工小何一起擦机器,擦到中午,他俩正准备洗手吃饭,走到柴油机旁边时,看见一个小桌上放了一缸子柴油,金黄色的,看着非常透亮,用它洗手肯定能洗干净油污。孙宝范跟小何说:"咱俩就用这缸子油,在这洗吧。"孙宝范拿着缸子,小何捧着双手,就这样用倒出的柴油洗手。刚倒一些,就听见一声大喝:"不准倒!"大队长王进喜走了过来。孙宝范赶快停止手上的动作,心想:这下可闯祸了,都说铁人爱"刮"人,这回恐怕要狠狠地"刮"我一顿吧!

王进喜没有批评他,一见那油都洒到钻台的钢板上,他赶快蹲下身拿块抹布,把洒在钢板上的油一点一点用抹布沾起来,拧到缸子里,孙宝范不明白,王进喜这是在干什么?

原来大队长在检修时发现柴油机高压泵漏油，便把喝水的缸子拿来接柴油，柴油机修好了，缸子也接满了。端着刚刚收起的半缸子柴油，大队长说了一席话，让孙宝范至今铭记于心。

"共产党和毛主席解放了我们，解放了油矿，又领导我们建设社会主义。没有党和毛主席就没有油田，就没有油。这每一滴油都是烈士们用鲜血换来的，都是全国六亿人民的血汗。我们没有一点点理由多用，更没有理由浪费啊……"

很多年过去了，小小的一缸柴油到底有多大分量、多么贵重，谁也说不清，但节约用油这根弦，谁都丝毫不敢松懈，也就是这一缸子柴油，让孙宝范明白——"打井拿油是革命，节约油也是革命"，当家人更知柴米贵，身在油田更珍惜油。

永远的铁人
—
百集经典故事

47

大队长的钥匙链

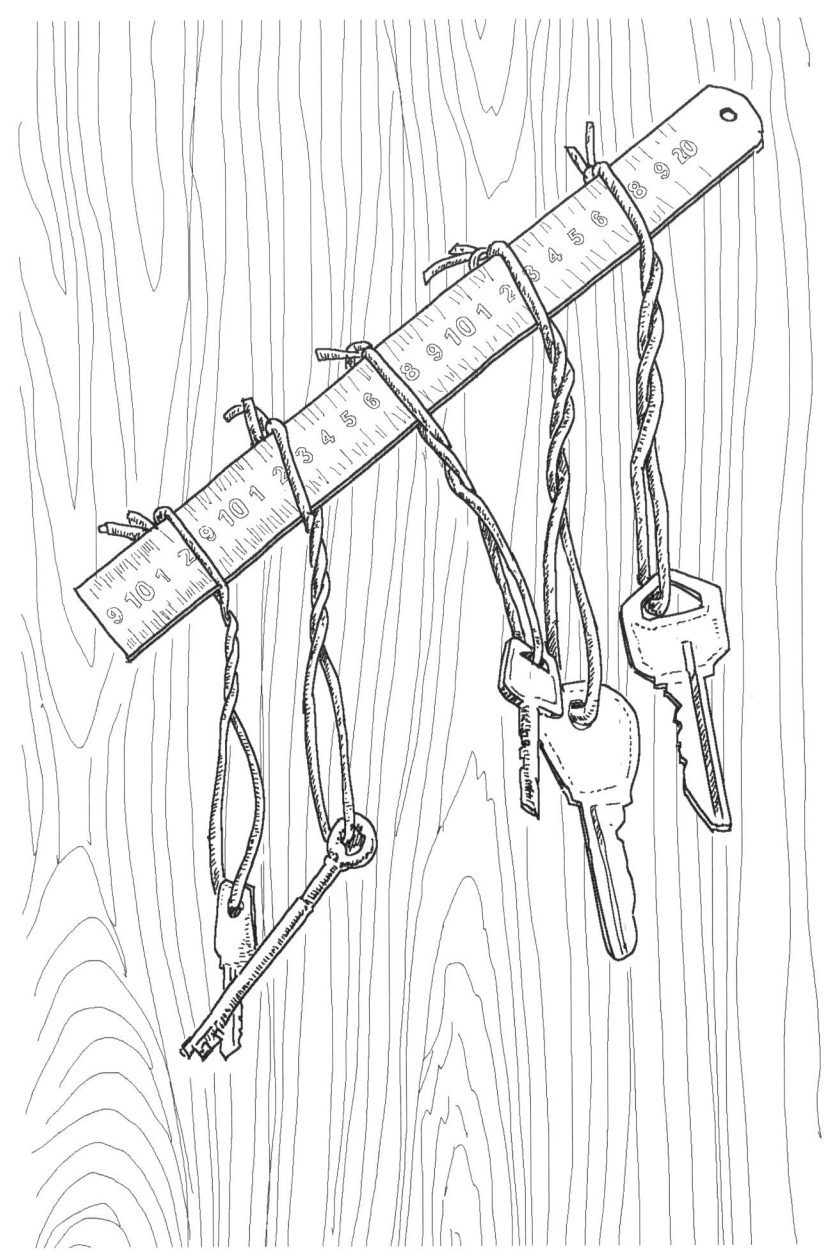

　　工作中的王进喜一丝不苟,态度认真,为了打出高质量的油井,他随时检验钻井过程中的小零件尺寸是否标准,做到精准测量精准施工。

　　王进喜大大小小的几把钥匙都用一截电线拴在一个小钢板尺上。钢板尺有六七寸长、两公分宽,就是这样一个不起眼的小东西,却发挥着想象不到的作用。

一次，王进喜到1215钻井队检查开钻情况。正赶上司钻领一群工人在选钻头。大庆钻井用的是40型钻机，使用的钻头有刮刀钻头和牙轮钻头，打浅层就用刮刀钻头。司钻在三四个钻头中选，大伙儿就在一旁争论哪个好哪个不好。

见王进喜来了，司钻就说："铁人大队长是钻头专家、钻头迷，让他帮咱们选吧"

这时，大队长蹲下身子，要过"井身设计图""地质地层情况图"，眯起眼睛认真看了一阵，研究一番，又把几个钻头仔细"端详"了一遍。

只见他相中了其中一个钻头，从挎包里拿出他的钥匙链，用钢板尺量这个钻头。这个刮刀钻头有三个翼，像翅膀一样，他把翼长和三个翼的距离量一遍，又把三个水眼距离量一遍。刮刀钻头为了"啃"岩石，在翼翅上焊有金刚砂、钨钢块，他把钨钢块看一遍后，又拿着钢板尺把它们的距离再量一遍，然后说："你们说这个钻头怎么样？"工人们都说好，王进喜说："我看就用它吧！"

钻井看起来是个粗活，但更多的时候是个细活，一串简简单单的钥匙链，却体现了铁人心系油田的细微之处啊！

永远的铁人
——
百集经典故事

48

老战友与老对手

　　1202钻井队和1205钻井队是老朋友也是老对手，两个队总是摽着干，就是走路也要数数对方立在井架上的钻杆还剩几根。

　　一次，为了保1202钻井队实现"月四开四完"的任务，探区指挥部让1205钻井队把刚挖好的泥浆池、储水池和井口导管等让给1202队。队里很多人都不同意，王进喜就耐心劝导大家识大体、顾大局，最后让出了井位。

可没想到开钻不久，1202队的转盘就坏了。于是，王进喜决定把自己的新转盘送去给他们用。1205队里职工一时想不通，有位青年员工甚至找到王进喜毫不客气地说："队长你经常说为玉门争光，可1202队是新疆来的，还是咱们的老对手，不能老让着他们。"

看到大家情绪很大，王进喜就召开全队大会，不发脾气不发火，而是讲了1245钻井队"又让又上"的事迹。他们卸下正在使用的接头支援萨25井，很多配件也都借给别的钻井队，服从大局毫无怨言，缺少配件自找、自修、自制。很快，1245队从初来大庆的普通钻井队，一跃而入先进行列。

　　王进喜讲完1245队的事迹,语重心长地说:"你们说说,人家一个普通队都能做到'又让又上',那咱们先进队又怎能落后呢!咱们呐,不光要给玉门争冠军,还要让整个大庆夺集体冠军。还是那句话,我们一个队打得再好也拿不下大油田,只有所有的队都打好了,那才能拿下大油田。"

　　王进喜的一席话,仿佛一阵风,吹散了大家心头的忧虑。自此,在关键的井位和关键的时候,1205队对1202队的帮助总是真诚而又及时,对其他队也是有求必应。1205队的井非但没受影响,反而越打越好。

永 远 的 铁 人
—
百集经典故事

49

抢建"干打垒"

钻井二大队成立之初,最紧缺的就是住房。大队长王进喜暗下决心,无论如何也要让工人们有个窝。

那时,会战工委决定借鉴当地老乡的住房结构,就地取材,建造筑法简便、冬暖夏凉的"干打垒"。

于是,王进喜就带着大家伙儿一起盖起了这种土房子。

他安排一名副手专抓基建,派得力干部订计划、跑材料、找地方,还组建了专业的队伍,重点突击全局性的工作和生活用房。除此之外,他更是发动了有条件的钻井队和后勤单位,利用工余时间自建家园,就连来矿的家属们,也被他组织起来,号召她们自己给自己盖房子。

然而,让这些拿惯了刹把的钻工改拿榔头建房子却并不容易。为此,王进喜特意请来了当地的老乡做技术指导。大伙儿边学边干,边干边学,速度越来越快。一个班从一天只能打两堵墙,增加到五六堵墙。到后来,全队四个班,一天能打两栋房框子。

框架建好了，砍架子做门窗又成了新的难题。

木材不够用，王进喜就带人去野外捡；搭帘子缺芦苇，他就领着工人家属去水泡子里割。他还把各队能干木工活的人选来，临时组建了个木工班，搞起了革新，自制了电锯。大伙儿经过几天的摸索试验，终于掌握了要领，加工出了第一批房架和门窗。

那段时间，解放村的"干打垒"工地上，锤声阵阵，夯声震天，电锯声冲破了拂晓，划破了夜空……二大队共建起了6千多平方米的"干打垒"，生产大院和生活大院都渐渐呈现出规模。

1961年10月中旬，当又一个西伯利亚寒流袭来的时候，全大队上千名职工，几百户家属都住进了温暖的房屋，"人进房、畜进圈、粮进仓、菜进窖、车进库"的梦想终于成为了现实。

永 远 的 铁 人
—
百集经典故事

50

梦中开钻

长期的艰苦工作与操劳，让王进喜患上了严重的胃病和关节炎，可他始终不放在心上。1961年5月下旬，浑身伤病的铁人收到会战领导的"命令"：必须完成去北戴河疗养这项"政治任务"！

北戴河花红柳绿，碧海白帆，吃住舒适，但铁人却无心游览娱乐，刚到没几天，他心里就开始惦记工作上的事情。晚上一躺下，一幕幕大会战的场景、二大队的各项工作，就开始在脑海里放电影。他想提前结束疗养，可会战工委副书记吴星峰特意给他写了一封长信，劝他安心休息，不要惦记工作。

井打得直不直？设备好不好用？材料够不够？房子盖了多少？开的荒都种上了吗？这些问题一天没有答案，他就一天吃不下睡不着，心里翻江倒海。

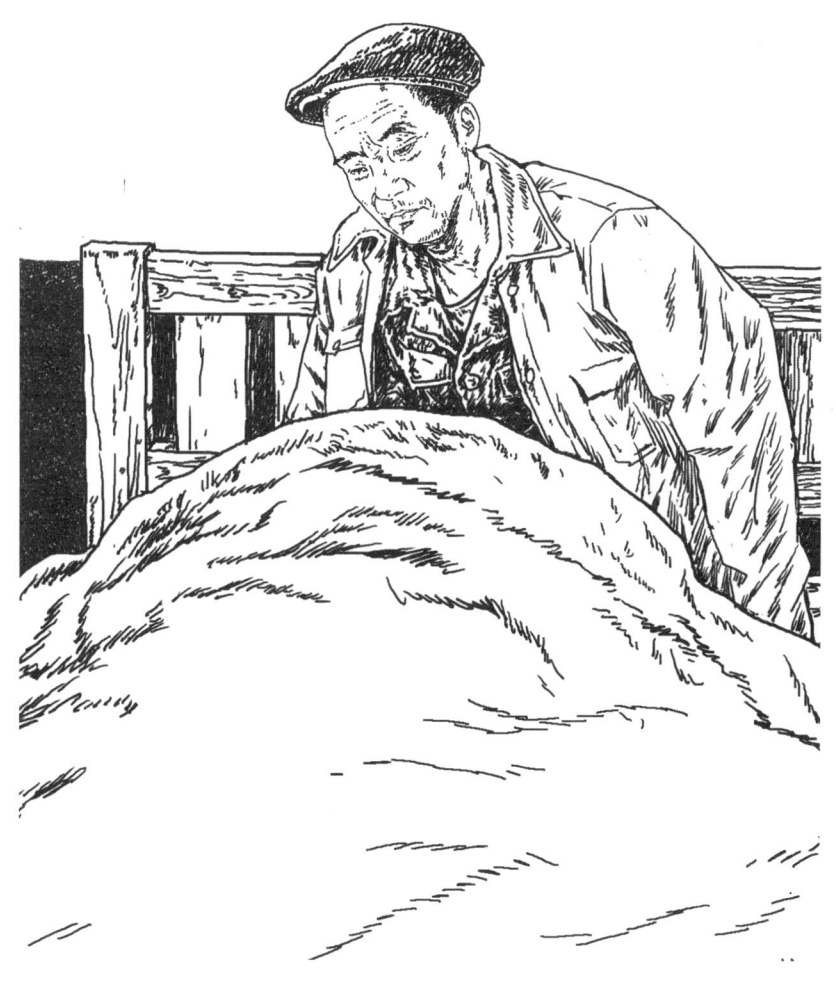

这天夜里，铁人辗转反侧，睡梦中不知不觉好像又看到了松嫩平原的草甸子，他蹒跚地穿过沼泽，见到1205队高高的井架，一瞬间他感觉伤腿也不疼了，顿时加快了脚步。工人们看老队长来了，又像从前一样，有条不紊地做好准备工作，叫他主持开钻。铁人甩掉羊皮袄，一个箭步跳上熟悉的钻台，一把握住刹把。这一刻，他的心仿佛和大地相通，浑身充满无穷的能量，像演唱秦腔一样，大吼一声："开钻！"

这一吼，吼得铁人百骸畅通，好像地球也"抖了三抖"。可正在得意间，却感觉一阵摇晃，远处传来声音："老铁醒醒，你这是咋了？"

王进喜一睁眼，竟是一场梦。

好半天,他才从梦中的情绪里缓过神。之后的几天,铁人更是满脸沮丧,像患了大病似的。

再这样下去,怕真的会生出"心病"来。指挥部领导得知了情况,经过研究,只能同意铁人提前结束疗养。

坐上回大庆的列车,王进喜的心绪终于轻松了起来,他的心早就先一步回到了朝思暮想的钻台。

永 远 的 铁 人
—
百集经典故事

51

家属也能出份力

都说一心不能二用，但除了钻井，王进喜心里还装了一件事。

时值1961年，三年困难时期，"吃不饱"成了大问题。工人们一家老小几口，靠着一个人挣的口粮，难以糊口。为了保会战，只能动员家属返乡，等条件好些了再来。然而，有的人家在重灾区，不愿回去。

一天早上，几名家属找到了担任二大队大队长的王进喜，恳请大队不要"撵"她们走，她们也能给油田建设出份力。说到动情处，都落了泪。

王进喜听了心里很不是滋味儿。他三番五次去指挥部，可都赶上康世恩副部长和技术干部研究问题，他不好打扰，又悄悄回来了。

也真巧,这天康部长来视察工作,王进喜就陪着他到了一户钻工家。狭小的屋里,热气蒸腾,一锅窝头正出锅。一个四五岁的小孩子眼巴巴瞅着,抓了一个窝头就吃。孩子妈妈手疾眼快,一把夺了下来。

康部长不解,一问才知道,窝头分两种,一种是纯棒子面的,留给钻井出力气的男人吃;而另一种是棒子面包的菜团子,才是家属跟孩子吃的。孩子抢了纯棒子面的窝头,当妈的自然不答应。

铁人见康部长很感动,就说:"眼下生产困难,工人身边有个家属也好,何况又这么懂事理。"

接着,他又表明态度:"很多家属肯吃苦,应该组织起来参加劳动,她们也能出份力啊!"

这之后,指挥部通过详细调研作出决定,组织家属们开荒种田,为前线职工解除了后顾之忧,还由此诞生了"五把铁锹闹革命"的一段佳话。

永远的铁人
——
百集经典故事

52

成立农副业队

石油大会战初期,粮食供应不足,最严重时更是"五两保三餐",因此,会战工委号召大伙自主开荒种地,王进喜听后立即组织人马大搞农副业,开荒地点选在了杨树林。

钻井队变成了副业队,一开始很多钻工都不愿意去种地,但是面对当时的实际情况,有的同志卖了手表、被子,去换吃的,有的人就到老乡的地里去捡土豆、白菜帮。王进喜把大家领到杨树林的荒滩上,跟大家说:"咱们苦熬不如大干,自己动手丰衣足食。"

于是,二大队的农副业队就这么成立了。

王进喜借来几台大拖拉机,一口气开了300多亩的生荒地,种上大豆、玉米,这边钻工们也用人力开垦出了100多亩地。

半年后,500亩地长出了绿油油的庄稼。除此之外,钻工们还建起6栋"干打垒",大院里一片兴旺。

1961年年底,王进喜响应上级号召,把二大队的家属组织起来参加农副队,产粮17万斤、菜33万斤。食堂餐桌上,不仅经常有自制豆浆、油条、豆芽,还有土豆、白菜,四季供给。

　　一次,余秋里从北京来大庆,特意到杨树林检查工作,王进喜陪着他参观、汇报。

　　那天,王进喜叫食堂杀了一只农副队自己养的鸡来招待余部长。那顿饭有豆腐、豆芽还有白菜。余秋里高兴地说:"真丰盛啊,像过年。"

　　余秋里还高兴地说道:"这样抓就对了,石油工人要会打井搞油,也要会种地打粮,工人们吃饱肚子,就能更好地会战。这和当年延安一样,巩固后方,前方就能打胜仗。"

永远的铁人
——百集经典故事

53

"填满式"钻井法

  在铁人王进喜的办公桌上,长期放着两个铁匣子,里边装着螺丝、钢板尺、小扳手等工具——这是他搞革新用的"百宝箱"。
  一天晚上,一位年轻的技术员拿着一本外文书找上门来。王进喜一看,开玩笑地说:"你是无事不登三宝殿啊!"

  技术员有些腼腆地笑了,说道:"队长,这本书上介绍了一种防止打斜井的工具。"
  "是吗,有啥启发没有?"王进喜鼓励他。
  可技术员又犹豫了,有些为难地回答道:"这东西好是挺好,可是咱们也造不出来啊……"

铁人思考了一下，笑着说："没关系，造不出来咱们就想别的办法，肯定能克服井打斜这个问题。"

说着，就从他的"百宝箱"里拿出一个大茶缸子，里面放上几支铅笔："你看，打井时钻头大，井眼就粗，就像这个茶缸子；可钻铤、钻杆比较细，就像铅笔，晃晃悠悠斜着往下钻，就容易把井打斜。"

技术员一听，来了兴趣，铁人又接着往下说："如果我们搞它一个'填满式'，让钻头小一点，让钻铤、钻杆都粗一点，再加上扶正器、方接头，尽量把井筒填满了，这是不是就能打直了？"

"对呀！"技术员一听恍然大悟，还不断念叨着："填满式……"

"对，就叫它'填满式'。"

　　就这样,王进喜和技术员一夜没合眼,就着两缸子炒面,促膝长谈。驻地外,钻机轰鸣,一轮皓月在云层里逐渐显现,一个改造钻具结构的方法酝酿而成。

　　后来,在领导和专家们的关怀指导下,"小填满""大填满"式钻井法相继问世,在井队反复试验,取得了成功。

永远的铁人

54 铁人办学校

　　1961年夏天，大庆石油会战职工的家属和孩子陆续迁到油田。铁人王进喜在"跑井"时，看到一些孩子因为没人看管在荒原上乱跑，不禁担忧起来。

　　"种庄稼耽误了误一时，教育孩子耽误了就误一生。"王进喜深知没文化的苦，马上组织干部开会，千方百计给娃娃们创造条件，就这样，荒原上一所由铁人亲手创办的帐篷小学诞生了。

　　学校没有桌椅,就用红砖垒起土台子代替;没有黑板,就找块木板刨平涂上黑油漆;没有教师,铁人就请来在玉门当过教师的陈可日和中专毕业当文书的陈忠伦当老师;没有课本,二位陈老师就自己去买,买不到就借来抄,夜以继日地抄出七八套教材;教师办公没桌子,铁人就把自己的办公桌抬来给他们用。

开学第一天，只有七个学生，然而他们是幸运的，因为人生的第一堂课是铁人给他们上的。

铁人说："娃娃们，咱们二大队小学今天开学了！你们别嫌人太少，过两天会增加；别嫌条件差，随着大队的发展一切都会变好。你们一定要好好跟上老师学文化，长大了要做个有知识的人，不要像我一样，连个字也写不好啊！"

随着学生增多，学校的教室由帐篷变成了"干打垒"，接着又盖起红砖房，还建起操场，形成独立的大院。王进喜不论工作多忙，都抽时间到学校去看看，给师生们解决实际问题。

他发现教室采光不好，就叫人在房顶上给开天窗；天窗漏雨，又及时修理后安上了大灯泡；怕灯泡刺眼，等大队来了灯管，他又叫人先给学校安上。

从此，铁人办的学校出了名，越来越多的孩子到这里来上学。后来，为了纪念铁人，油田将这所学校命名为"铁人小学"。

铁人或许没有想到，他最初的想法只是让孩子们会写字、会算数。但如今，从这里毕业的孩子们像参天大树一样成长起来，成为建设油田的栋梁，这或许是铁人心里最盼望的事了。

永远的铁人
—
百集经典故事

55

温暖的棉被

1960年,王进喜带领1205钻井队到大庆参加石油会战。考虑到东北寒冷,家人特意用羊毛絮给他做了床新棉被。

第二年冬天,刚参加工作的高中毕业生张秀志也从玉门来到大庆,被分配到1205队。艰苦的环境让他产生了心理落差,他在笔记本上写道:望草原唉声叹气,当钻工有啥出息?论前途更成问题。

张秀志的低落情绪,被大队长王进喜看在眼里。他找机会和张秀志谈心。在井场值班房外,两人席地而坐唠了起来。聊过了家庭和工作情况之后,王进喜从挎包里掏出一本《矛盾论》,意味深长地让张秀志念"两种宇宙观"这一段。

张秀志念完,王进喜说:"两种对立的宇宙观是什么意思呢?我的理解是有的人情愿在钻台上艰苦奋斗一辈子,有的人光想在暖屋子里舒舒服服过一辈子,这就是两种对立的宇宙观。你说是不是?"聪明的张秀志一下子就理解了老队长的用心,脸红地低下了头。王进喜趁热打铁接着说:"出身好不一定就自然先进,有文化也不一定就是好工人,还需要在实践中锻炼。毛主席说外因是变化的条件,内因是变化的根据,外因是通过内因起作用的。你有文化这个优势,要在钻井队干得好,自己一定要努力啊。"

　　谈话间,王进喜看到张秀志的被子单薄,便把自己的被子抱来送给了他。

　　这一床温暖的棉被和这一场温馨的长谈,把正在十字路口徘徊的张秀志引导上了正确轨道。

　　张秀志自此转变了思想,工作表现得很积极。不久,他又在笔记本上写道:望草原欢天喜地,当钻工真了不起,论前途光明正大,为革命奋斗到底。

永远的铁人
——
百集经典故事

56

识字搬山

　　铁人在旧社会受尽苦难,没机会上学,直到解放初期才在玉门油矿的扫盲班里学了简单的字词。就连入党时的申请书也是他口述,由别人代笔的。
　　从一名普通钻工逐步成长为全国劳模、大队干部,他越来越意识到文化知识的重要性,常对身边人说:"我学会一个字,就像搬掉一座山,我要翻山越岭去见毛主席。"

为了学文化,铁人经常把不认识的字描在本子上,逢人就问,遇到不会写的字,就先画些象形符号代替。比如画一把锯子,表示李巨任的"巨";画几个人抬着根管,寓意安排人把套管抬到井场上整齐地排起来;再比如,画两个小人儿,写上语言的"言"和大写的"九",表达"研究"的意思。

铁人深知学知识,要下苦功夫。他请身边熟悉的文化人当老师,经常念"毛选"原文给老师们听,学完还督促自己写心得体会。工作太忙,他就挤时间学习,一熬就是半夜。工人们不理解:"大队长,你又不是学生,咋还这么认真?"他却说:"学习也像打井,井要一尺一尺地打,字要一个一个地认,不认真怎么行?"

就这样,边写边认、边学边想。慢慢地,铁人不仅可以自己看报、阅读文件、列发言提纲,还能在各种会议上作报告。文学素养也得到了很大提升,字里行间洋溢着别具一格的豪迈。工作中他学以致用,根据打井经验总结规律性认识,提出"不同地区、不同地层采用不同打井方法"的"地变我变"思想,因地制宜、钻研创新,带领队员们创造了一个又一个钻井奇迹。

"识字搬山",是铁人刻苦学习、追求进步的真实写照,也让人从中感受到了他钢铁一般的意志、百折不挠的精神。

永远的铁人
—
百集经典故事

57

"钻头迷"千里听音

铁人王进喜钟爱打井,也就对钻头有了格外的研究,是个不折不扣的"钻头迷"。他有个绝活——能在千米之外根据钻进时井下传出的声音,判断出钻头的磨损情况。

这天,铁人一行驱车前往井队解决问题。每经过一个井队,他都认真地听这个井队打钻的声音,判别钻井的情况。

快到杨四屯的时候,隐隐传来一阵钻机声,铁人感觉声响不对,赶紧让司机减速又仔细听了听,说道:"上这个井看看。"

  一到井场，铁人迈着大步上了钻台。见到司钻就问："用的三牙轮钻头？"司钻一愣，点点头回答道："对啊，怎么了？"铁人忙说："可能一个牙轮掉了，甚至俩，赶紧停钻。"

  "啊？"司钻认为自己身经百战，不服气地反驳道："你说掉就掉了，我看没问题！"

  铁人没有生气反而笑着说道："你不信？那我打一会儿。"说着接过刹把，通过声音和手感，更加确信了自己的判断，再次催促停钻。可司钻踌躇着："这耽误了进度，谁负责啊？"铁人当即提高声音："我负责！你赶快停钻、起钻！"

此时井深已经千余米,起钻更需要倍加小心,颇费时长。等钻头起出来后,用手一晃,两个牙轮早就掉了,幸亏有泥包着,不然掉到井下面,麻烦可就大了。

司钻这才大吃一惊,赶紧握住铁人的手:"大队长,你可真神啊!要不是你及时发现问题,我受处分不说,还真就耽误进度了呀!"

这一次"千里听音",让铁人这个"钻头迷"的一技之长更加声名远播。可大家也知道,铁人的聪明智慧,不仅来源于他长期的经验积累,更是他日以继夜刻苦钻研的成果。

永远的铁人
——
百集经典故事

58

铁人立家规

铁人王进喜家是个大家庭，全家十口人，全靠他一个人的工资生活，是队里的特困户。可他说："家里难，国家更难。咱们工作要高标准，生活要低水平，不给国家添麻烦。"

铁人当了钻井指挥部生产队大队长后，有人以为他手中有了"权利"，就能帮别人"办事"。他察觉后，立下铁的家规：公家的东西一分也不沾！

铁人有严重的关节炎，组织为了照顾他，给他配了一台吉普车。铁人就用它给井队送料、送粮，送职工看病，送工人回家。可就是这辆工人可以坐、队里可以用的"公用车"，自己的家人却一次都没用过。老母亲病了，还是铁人的大儿子用自行车驮着老母亲去看的病。

　　除此之外,铁人和家人的日常生活也极其简朴。

　　这天,1205队工人们帮铁人搬家。队长的家里除了床,竟只有一个装文件资料、奖章奖状的木板箱子,一个裂口的旧桌子和一架电唱机。床上铺的是苇草和薄褥子,只有母亲木板床上铺了隔凉的毛毡。

　　工人们将床上的旧席刚一卷起,就碎成几片。

　　1205队的工人一看说:"铺这些苇子,顶上也没有好炕席,这怎么能行呢?咱们1205队经常搭席棚子,那席子很多,拿几领来,给铁人铺上。"铁人的老伴说:"不要去拿,铁人说了,公家的东西一分也不能沾。"后来有一位工人说:"不要拿席子了,咱们大庆搬家的时候公家给发了垫子,咱们公家的不拿,发的、领的总可以拿了吧。"铁人的母亲说:"你们怎么不听话呢,不说了嘛,公家东西一样都不能拿,不能拿。"

　　工人们见状,也都不再提换席子的事。

　　就这样,他们把那些破旧的席子和苇草垫,又铺在新屋的床上。工人们看着,眼眶都湿润了。

永远的铁人
——
百集经典故事

59

王铁人二队

随着石油大会战的开展，罗-1262钻井队也从玉门移师大庆。

来到一望无垠的大平原，队员们揎拳捋袖准备大干一场。可没曾想，会战资源紧缺，他们只能接用1205队换下来的旧钻机。这个"老家伙"经过1205队的超常苦战，损坏不小。

工人们初来乍到，对会战的艰苦条件与创业精神无法感同身受，只觉得"手巧不如家什妙"，设备不顺手可怎么干？

就在众人一筹莫展的时候，大队长王进喜骑着摩托赶来了。他心里想着：这钻机是曾经和他"并肩奋战"过的，没人比他更熟悉这个"老伙伴"，他要帮1262队把钻机用好，把队员们的士气凝聚好！

　　那段时间，铁人三天两头就往1262队跑，有时甚至一连几天几夜不回家。饿了，就抓一把炒面充饥；困了，就羊皮袄一裹稍歇片刻。他抓住机修这个关键，手把手带工人熟悉设备，看工人操作，发现问题就一盯到底，直到彻底解决。此外，铁人还在维修保养的间隙给工人们讲国家缺油的形势、大会战的意义、大油田的远景，动员大家战胜困难，快打井、多出油。

　　有了铁人的言传身教，大家心里渐渐亮了，干部工人信心倍增。队长薛云胜曾连续四天四夜不下钻台，技术员严世才也紧盯在井上解决技术难题，被评为南线标兵。

由于大家认识足、干劲大、抓得紧、修得好,老钻机让1262队开战就出手不凡,四月份首创4小时30分拆搬一扫光的新纪录。到了6月,他们累计进尺8585米,第一次被评为一级红旗单位,还被人们称作"王铁人二队"。

从此,罗-1262钻井队深深烙下了铁人的印记。他蹲点抓维修的经验也被总结为"抓住、盯住、跟住"六字法,成为会战时期保障生产的金字口诀。

永远的铁人
——
百集经典故事

60

珍贵的电唱机

　　半个多世纪前,以铁人王进喜为代表的石油前辈,吼着豪迈的秦腔,乐观面对着极度艰苦的环境。

　　如今,一台伴随铁人多年的墨绿色电唱机静静地放在铁人王进喜纪念馆中,盘槽里放着一张秦腔老唱片《苏武牧羊》。

　　这套文物的捐献者来自甘肃省武威市一位名叫许万枝的农民。他怎么会留存铁人王进喜的物品呢?原来,许万枝的哥哥就是铁人的徒弟许万明。

1963年5月的一个傍晚,许万明接到铁人交给他的一个任务——找人。

铁人说:"小鬼你来,你先回趟家去吧。"

许万明说:"这么好的事情归我啦。"

铁人说:"你回家可不是专门探亲去了,你回家得把赵生元给我找回来。"

原来回家探亲的1205队技术能手赵生元一直没有归队,铁人很珍惜这个难得的技术人才。就想让同乡的许万明把他找回来。

铁人办公室里播放秦腔的唱片,还没播放完,就撵许万明走。

铁人说:"赶快走,收拾去。"

许万明说:"队长,你爱听秦腔,我也爱听秦腔,你叫我听完了再走吧。"

铁人说:"你要想听,把唱机给你拿回去听。"

许万明高兴地说:"这可是好东西!"

　　许万明生怕这台唱片机让队友要了去,于是,偷偷地把唱片机和唱片放进行李,坐上了回家的火车。几经周折,他终于说服赵生元一起回到了井队,而这套珍贵的物品就留在许万明的甘肃老家。

　　陈旧的电唱机,播放出的不仅是粗犷的秦腔,更是会战年代迸发出的精神力量,凝视着它,就感受到了石油人乐观豪放的品格,以及那种火热的石油情怀。

永远的铁人
——
百集经典故事

61

干，才是马列主义

王进喜是个实干家，不要"花架子"。学知识，学毛著，目的是解决实际问题。那么，怎样才能学好呢？铁人认为，把书上写的、心里想的、手上干的，结合起来，才能学好、学透。

1963年8月，队里分来一批大中专生，新生力量的补充，令王进喜喜出望外，他亲自安排他们的工作和生活，希望学生们早日成才。

这些青年才俊也不负众望，满怀热忱地投入到工作中。

然而有一个干部子弟是例外，大家说他有"四不干"——天冷不干、夜黑不干、饿了不干、累了不干。王进喜找他谈心，他表示还想继续读书，当博士。王进喜说："我是没念多少书，但我想，博士不是躲在房子里空想出来的！光想不干，半点马列水平也没有！"大学生一听来了精神，忙问："那你说，什么是马列主义，怎样衡量有无马列主义？"王进喜说："就两条，一是学习理论，二是总结实践。就像我们钻工，夏天一身汗，冬天一身冰，把大钳打得'叮当响'，为国家多打井、多出油，这种实干精神就是马列主义。"

后来大队组织实习生学习会战史，大家深受教育，纷纷表示要扎根油田，苦干实干，为开发油田做贡献。王进喜和大家一起讨论研究，谈到马列主义时，他说，司钻要懂得钻机的性能和操作规程，随后他站在地中央，边说边表演起来："右手扶刹把，左手抓离合器，要起钻了，右手往上抬，左手往这拉，那钻机就呼呼地转起来了，理论结合实践，这才叫马列主义。"

大家看着王大队长孔武有力的动作，听着他铿锵作响的话语，深刻感受到，王进喜把思想和行为，理论与实践完美地融合为一体，这本身就是一种哲学，令人折服。回到井队后，大家扎扎实实地投入工作，像充满电一样，干得热火朝天。

62

马达不能倒转

　　1963年夏,从油田外面调来一位"作家",下派到钻井指挥部生产二大队体验生活担任副大队长。看到大队机关几十名干部,天天下基层蹲点跑面,办公室经常"铁将军"把门,冷清得连个办事的人都找不见,这哪成。于是,他对大家提出要建立一种"正常秩序",摆上沙发、茶具,坐在屋里"办公",要按时上下班。

大队长王进喜认为这样搞下去，风气一旦形成，会对机关工作作风带来很不好的影响。他连忙组织"中心组"，通过学习毛主席关于"兵民是胜利之本"、密切联系群众、精兵简政等方面的论述。会上，大家争先恐后地表示参与基层起早托砖、贪黑拉料、积肥、秋收等各项劳动，拉近干部员工与群众的距离，有利于解决基层困难。学习过后，王进喜又找到"作家"促膝谈心。

王进喜说："大作家你这个想法不对，咱们大庆叫'三个面向，五到现场'，大队一级都要下基层，为基层服务去，你每天得去跑井，不能让工人'上来'办事。'上来'找你那叫马达倒转了。所以说马达不能倒转，咱们得下去。"他听完不服地说："你说这不对，你这'游击习气'得改。"王进喜说："那么的吧，明天我下基层你跟着我去，你看看去。"

　　第二天大清早,王进喜叫来一辆大解放,机关干部们照例来搭车,有的是给工人发工资,有的要送材料、配件,服务单位要为基层送粮,卫生所的要下去给工人看病,就这样,满满一车人热热闹闹地出发了。

　　这一路上,"作家"跟着他们一起下基层,一天下来跑了五六个钻井队,看到许多问题在一线得到解决,工人们干劲更足了,他深深感到工作要多走到群众中去,为基层服务,为工人办事,才是正确的方向,马达就该正转。

63

"白馍馍"精神

王进喜历来重视效率和实绩,这位爱吃面食的西北汉子,常挂在嘴边上的一句话就是,"别的别说,要把白馍馍蒸出来看"。

铁人说的"白馍馍蒸出来看"就是要见成效,出成果,带出好队伍。在铁人的带领下,整个二大队形成求真务实的好作风,是一支能啃硬任务,开拓进取的队伍。

1963年12月,二大队接受了和一大队共同打大庆第一口冰上井的任务。井位选在陈家大院泡中间的9排39井,这里水深4米,冰层大约0.97米厚,冰上温度达到零下40多摄氏度,王进喜不顾关节炎的疼痛,第一个把行李和老羊皮袄拿到"冰上指挥所",和工人们住在一起。他说:"这是第一口试验井,要为以后的千百口冰上井摸索经验、积累资料,我得从头到尾盯个全过程!"

要在60平方米大、不到一米厚的冰面上集中放置100多吨重的钻机、设备和钻具、套管,并不容易。铁人手执小红旗,亲自上阵指挥,在冰面上打桩,用来支撑钻机等大型设备,在车辆过往的冰面铺上钢丝、铁网,浇水冻冰,搞它一个保护层。见司机不敢开,铁人就坐在保险杠上指挥。一切安装就绪,起架时,他跳上钻台,手扶刹把亲自操作,除了走不开的岗位工人,铁人命令其他人全都躲开。

　　机器声轰鸣,冰面咔咔作响,高大的井架在铁人的操纵下,徐徐升起,迎着太阳矗立在银装素裹的冰雪世界里。人们为这壮举欢呼,庆祝第一口冰上井的阶段性胜利!
　　钻井工人们对老队长说:"大队长,咱钻井又蒸出一个'大白馍馍'!"

永远的铁人
—
百集经典故事

64

以干取人

钻工出身的大队长王进喜,始终认为干劲大、工作积极的勤快人最有希望。无论看工人还是选干部,他都以"勤"为标准。

一次,大队长给1284队送活动板房,刚到井队,就有七八个工人过来卸车,这时,新调来的技术员唐定安趿拉着鞋站在门口。铁人看到他,走上前问:"你是干什么的,为什么不干活?"唐定安没太在意,说:"就那几块板子,那么多人,不用我干了!"铁人一听急了:"不干的退回去。"唐定安也有点倔脾气,还是不动手。

最后事情闹到指挥部,领导把俩人都叫去,当面批评唐定安看见活不动手不积极主动,并向他介绍了大庆的作风。当王进喜了解到唐定安是1954年入学的老大学生,毕了业就到青海工作,一直在井队干,是个懂技术又能干的好技术员时,王进喜也改变了对他"此人不可用"的看法。

  这之后,唐定安事事冲在前,不仅技术能力强,处处多学多问,还经常带领队里其他工人提高钻井技术。唐定安在井队干得出色,王进喜也非常尊重他。

  在王进喜的关心与帮助下,很多钻井工人得到重用,发挥长处。"以干取人、重在表现"是王进喜用人的鲜明态度。他常说,勤劳勇敢是中华民族的传统美德。铁人是这么要求自己的,也用任劳任怨、实干笃行的工作作风影响着身边的人。

65

钻台上的小牙轮

1963年,刚毕业的孙宝范来到王进喜身边采访。一天,王进喜回到前线指挥所驻地已经是后半夜,忽然想起1218队整拖搬家后,放到钻台上的一些小部件没取下。

孙宝范主动请缨:"不就是一个小牙轮钻头落到钻台边上了吗,大队长,就把任务交给我吧。"

领了任务,孙宝范就往队里去,突然,呼的一声,轰隆隆的钻盘停了下来,孙宝范心知不妙,便加快了脚步。

一进井场,孙宝范愣住了,王进喜正组织干部工人开会。

王进喜说:"你们看看,都开了钻了,就这么大一个小牙轮就在钻台边上,钻机开钻以后把这个小牙轮钻头抖掉了,砸到谁头上能受得了啊,就出安全事故了。"

　　说完，铁人迈上钻台，抱起那个小牙轮，把它搬到工具台上。大家也默默地将暂时不用的钻头、卡瓦、铅油桶等，一个个搬下钻台，整理归位。

　　收拾完毕，铁人又大声说："我也有错误，白天没向你们讲清楚。我回来，一是批评你们，二是检讨自己。"随后，他又从钻台到机房，泵房到二层平台，反复检查，就连护栏也抓住晃一晃，确信都没问题，才允许开钻。

　　铁人下来以后没有批评孙宝范并解释说:"这个任务本来让你来完成,可是牵扯工人生命安全的大事,我不亲自来把它落实,我的心里就不托底。"
　　一股崇敬之情瞬间涌上了孙宝范的心头,这件事不仅搬掉了钻台上的小牙轮,也搬掉了他工作懒散的"小牙轮"。

永远的铁人
——
百集经典故事

66

工作都是大家干的

作为一名共产党员，王进喜心里不仅有着党的观念，还有深刻的民本思想。他经常挂在嘴边的一句话就是："我们不管干啥，一要靠党的领导，二要靠群众的努力。"

王进喜充分相信和依靠群众。遇见困难时，发动群众想办法，依靠大家的力量去战胜它；取得成绩时，也不忘了这是大家干出来的。

在王进喜的心里，牢记着每一个在背后默默付出的人。

1963年，石油工业部部长余秋里到二大队检查工作，中午在食堂就餐，王进喜特意把配合井队工作的安装队工程师梁栋材请来，叫他陪餐，和余部长见个面。

梁栋材长期配合二大队工作,他话少,跑井勤,掌握资料多,工作有经验,是个默默无闻的幕后英雄。余部长对梁栋材也有耳闻,夸他为石油工业发展立了功,还说:"进喜进喜,石油工业真的进了喜;栋材栋材,咱们石油工人个个都是栋梁之材!"

　　都说"有难同当易,有福共享难",但王进喜却能做到与大家甘苦与共。

　　王进喜时刻不忘石油工人,一旦上级有奖励,王进喜也总记得把东西分一些给勤奋干活的普通工人们。铁人说:"每个活都是工人干的,离开他们你啥都白扯,我这叫铁人,啥铁人啊,你浑身是铁,能整几个钉啊!"

67

三根白发

刚入冬,铁人王进喜意外地收到一封信。这信很薄、很轻,可铁人看完,却是如此沉重。

寄信人,是1205队青年钻工张启刚的妈妈。

在一次意外事故中,张启刚不幸牺牲。铁人得知消息后悲痛地对工人们说:"张启刚的父亲、母亲都六七十岁了,我们要给供养到老,要按期给老人家寄钱、寄粮票。"

可如今,半年过去了,老人的来信上却说,收成不好,生活没有着落,信中还夹着三根长长的白发。

母子情深，白发揪心，王进喜看到后忍不住落泪了。

本以为一切都安排得好好的，怎么老人生活还这么难？他立刻叫大队工会去调查，才发现寄去的钱全都让另一个人领走了，根本没交给张启刚的母亲。

大队干部会上，铁人手捧着来信和三根白发，哽咽了，他说："对不起张启刚的母亲，那么好的儿子还没结婚，能唱秦腔，20多岁，三根白发揪我心！"

这之后,铁人拿出现金和粮票交给党支部,一再强调:必须要定期捐钱捐物捐粮票,让专人负责给寄去;遇到困难可以向大队申请补助,及时解决;组织人员,保证每月给老人写一封信,逢年过节更要有信寄去;凡有探亲路过陕西礼泉的,一定要顺道去看望老人,看看老人家囤里有没有粮、缸里有没有面、炕上有没有被,就算绕道也必须要去。

绝不能忘记为建设大油田做出贡献、做出牺牲的人,这是铁骨柔肠的王进喜心里不变的牵挂。

永远的铁人

百集经典故事

68

热心的"红娘"

民谣里有句这样的话：有女不嫁石油郎，一年四季守空房，待到来年回家转，还是一身破衣裳。

这是油田钻工夫妻的真实写照，也正因为这样，钻井工人找对象成了"老大难"问题。

铁人对此非常上心，经常为单身钻工牵线搭桥。

　　大战白杨河时,铁人常往大队跑。他觉得大队会计陈竹君非常不错,就想介绍给本队的司钻郑茂昌。可小郑一听对方是坐办公室的,怕人家看不上自己,就不想见了。铁人给小郑打气:"工人咋啦,就找她。你这事儿我说了算!"于是,小郑鼓起勇气和小陈见了面,经过简单介绍之后,小陈果然同意了。通过一段时间的相互了解,两人很快就结了婚。

除了在平日里时常留意那些未婚的男女青年，每到探亲季节，铁人总嘱咐各队干部，给那些适龄，特别是大龄钻工多放几天假，让他们回家解决终身大事。

一天，一位钻工回乡前到大队开结婚证明，负责盖公章的文书问他对象的名字，他急得满脸通红愣是说不出来。铁人为他解围，连忙说："他就是回家找媳妇去了，你把介绍信给他开了，女方名字先空着，让他自己填！"

一个证明一片情。一个月后，这封填写了一半的介绍信，变成铁人手中红纸包着的喜糖。

在铁人王进喜的心里，家和万事兴，工人爱情美满、家庭稳定，才能打好井。

永远的铁人
——百集经典故事

69

心里装着群众

王进喜关心人,关心得"完全彻底"。

有个瓦工得了不治之症,经多方治疗,仍然难以挽回生命。临终前,这名瓦工说没别的要求,就是想吃点儿冰。

而此时正是大庆的夏天,弄到冰几乎是件不可能的事情。

但王进喜说,无论如何得满足这点要求。几个人东奔西跑好几天也没弄到。王进喜绞尽脑汁,最后想到指挥部食堂可能有冰箱,赶紧写张字条叫人去联系,果真找到了一点冰。这名瓦工一口一口吃得很香,最后心怀满足地离去了,这对逝者和他的亲人,是多大的安慰啊。

  原钻井指挥部干部科科长高振英很动情地说过:"我调往大庆油田职工医院后,王铁人经常去找我,说今天哪个钻工病了,要拿药,明天哪个司钻受伤了要住院,全是工人的事。有一天,我回钻井机关路过他的办公室,闻到一股药味,推门进去一看,王铁人正在给工人熬中药。我见不到火,也没药罐子,正感到奇怪,他从一个大缸子里拿出一个弯弯曲曲的小东西说,你看多先进,这叫'热得快',出国买的,给你一个吧,你们医院用得着!我拿到手里仔细看了看,还给他说,你留给工人用吧!"

　　一位诗人曾形象地说,祁连山和西北大漠造就了铁人的钢筋铁骨,石油河水和赤金绿洲,孕育了他的满腹柔肠,王铁人山般坚毅水样情。

　　王进喜全心全意地为群众服务,对人民爱得深沉、爱得真诚、爱得细腻。

永 远 的 铁 人
—
百集经典故事

70

小本记差距

　　铁人无论走到哪里都喜欢带一个小本子,这个习惯他一直坚持着,从来没有间断。本子是很普通的那种工作日记本,因为长时间装在衣裳兜里,一天里不知道要拿出来再装回去几回,日子一长,本子封皮上的"工作日记"几个字早就变得模糊不清了。

　　有一次,会战总部开季度总结会,王进喜从上衣兜里掏出那个小本子,很认真地记笔记。总指挥康世恩看到,开玩笑说:"老铁呀,记什么呢?是记你的功劳簿吗?"王进喜抬起头说:"没有,我正记你批评我们的话。"

晚上回到队部，铁人认真思考会上领导说过的话，觉得自己应该从中悟出点什么，就在自己的小本上写下：一切成绩都归于党和人民，我的小本上只能记差距。

铁人不仅这样想、这样说、这样写，更是这样做的。他谦虚谨慎的态度，表现在对待自己受到的表扬上，更表现在正确对待批评上。

当时的大庆会战工委对标兵模范采取极为负责的态度。树立时要看准，树起后要爱护，有表扬更有批评。批评时敢下"刀子"，一针见血，叫你汗流浃背，人们说这种批评就像"刮胡子不打肥皂"。

在"刮胡子"面前，铁人能够正确对待，及时整改。在荣誉和表扬面前，他始终保持清醒的头脑。他常和身边的同志们讲，不要听了表扬就不知道自己姓啥了。

铁人的小本上写着：我是个普通工人，没啥本事，就是为国家打了几口井。一切成绩和荣誉都是党和人民的，我自己的小本本上只能记差距。

这朴素的语言，是铁人精神的闪光，是铁人思想的亮点，也是他伟大品格的真实写照。

永远的铁人
——
百集经典故事

71

铁人的真实观

1964年,《人民日报》采写的《大庆精神大庆人》发表后,陆续有几十篇稿子见报,对大庆的方方面面都作了报道。但唯独没有关于铁人的稿子见报。

这是什么原因?

1964年年初,人民日报社派出一名写人物通讯见长的著名记者随新闻采访团来大庆专门写铁人的稿子。这位记者同志一头扎进钻井二大队机关和1205队等一些先进队深入采访,又和王进喜本人长谈了十几次后,终于写出一篇近万字的长篇通讯。通讯完成以后他把稿件拿给王进喜审查核对。

虽然铁人很忙,但人家提出让自己审核,就一点都不能大意,这一看就是四个小时。

看完后,王进喜的心情越来越沉重。记者很纳闷,看着紧锁眉头的王进喜,不解地问道:"有什么不对劲的地方吗?"

铁人的性格是直来直去,不喜欢绕弯子,于是就直接开门见山地说:"你很辛苦,但这篇稿子我只能同意百分之十五。"接着又加重语气强调说,"连百分之二十都到不了。"记者听到大吃一惊,连忙请教铁人,问题在哪里?

王进喜说:"这篇稿子把我写成了孤军作战,独来独往,没有党、没有领导、没有群众,好像就是我一个人的苦干。"

记者急忙问道:"铁人同志,你看有哪些不真实?"王进喜说:"依我看,大庆会战取得胜利,一靠党的领导,二靠广大群众努力,看不到这些,就是不真实。"

结果在第一轮报道大庆的高潮中,没有宣传铁人的稿子见报。直到1966年,《工人日报》记者采写的文章《工人阶级的光辉形象——王铁人》才得以发表。

作为1205钻井队的当家人,王进喜不仅对别人严格要求,对待他自己,更是高标准、严要求。

永远的铁人
—
百集经典故事

72

新来的场地工

  1964年8月,1261钻井队井场上来了一位场地工。他和青年工人们一起捞砂子,干得汗流浃背。青年工人们劝他说:"你40多岁了,别干这么猛,累了就歇歇!"这位老场地工直起腰擦了擦汗,笑着说:"我到你们队是顶工人参加劳动的。"

  他与工人同吃、同住、同劳动。上班时,他撬钻杆、洗丝扣、捞砂子,样样干得认真利落,赛过年轻的钻工们。有些经验的老工人看出点门道,觉得这个新来的场地工"不简单",如果没有长期在一线工作积累的经验,怎么能把井队上的活样样做得让任何人都挑不出毛病。

　　这位场地工不但积极参加劳动,而且还边劳动边学习,努力掌握新技术。这个队使用的是电动机,他没搞过,于是就和学徒工一起从头学起,掌握使用电动机的本领。他说:"劳动就是好,一劳动就能学到新东西。"

　　渐渐地,人们发现他干活可不是蛮干,而且心还很细致。有的班让两个学徒一起上班打钳子,但两个人技术都不熟练,容易出事。他便同司钻商量,让新老工人搭配操作,以老带新既教技术,又保证安全。还有一次,他发现队里有几名病号,就及时和队干部商量照顾好他们,并让食堂为他们安排好病号饭。

　　有的同志发现了这些细节，觉得很好奇，禁不住问他，"你到底是谁呀？叫个啥名字？"这个人就憨厚地笑了笑，他知道自己隐藏不住了。

　　原来这位老场地工就是铁人王进喜。他是响应会战工委号召，实行"三定一顶"，到井队来参加劳动的。

　　果然，他的名字一说出来，一大群人立刻就把他围在中间，他们不停地和他握手，高兴得就像看见了亲人一样。

永远的铁人
——百集经典故事

73

工业战线的榜样

1964年4月20日，《人民日报》头版头条刊发长篇通讯《大庆精神大庆人》，首次向外界公开报道了大庆油田。一时间，大庆油田和铁人的名字传遍中国，人们纷纷掀起学大庆、学铁人的热潮。

一次，大庆油田设计院的科研人员重点学习铁人怎样认识困难、战胜困难。在完成测量地面资料的任务时，遇到沼泽、库塘，水最深的地方能有一米半，水面的芦苇也有三米多高。虽然工作环境恶劣，但想到铁人"人拉肩扛"运钻机，他们硬是把三百多斤重的仪器一件件运了过去，提前一个月完成了测量任务。

不仅如此，来大庆演出的长影慰问团也特意去矿场、井队、油站跟班蹲点，亲耳聆听铁人作报告，近距离感受大庆精神铁人精神的力量。成员温明兰说："铁人老师傅是我国石油工人的硬骨头，是我一生学习的榜样。"那段时间，向铁人表达崇敬之情和学习决心的信件，从祖国四面八方"飞"到大庆，有时甚至一个月就多达300多封。

铁人也经常被邀请参加各种座谈，每到一个地方，总有成百上千的群众围着他，让他讲话，请他签名。

全国各地都掀起"学铁人"的热潮，但铁人却变得更加谦虚谨慎。在荣誉和表扬面前，他时时刻刻保持着清醒的头脑，告诫自己"一辈子不要翘尾巴"。

戏剧艺术家孙维世、金山来大庆体验生活,想去看看"铁人一口井"。铁人把他们领到一口废井旁边,严肃地说:"因为钻前准备工作不足,发生了井喷,钻机掉进了地球里,都怪我领导水平低,工作没干好,这是我们的教训井。"

铁人的话,让两位艺术家大受感动。他们看到铁人身上的与众不同,也感受到这位石油英雄的崇高品德和精神风范。

永远的铁人
—
百集经典故事

74

知错就改

王进喜对自己从不遮丑护短,一旦发现自己哪里做得不对,就公开承认,勇于做自我批评。

1964年的春天,时任大队长的王进喜到45井家属基地去检查工作。在托儿所,铁人看到一位保育员抱着一个孩子,而另一个孩子坐在地上哭,铁人以为她只顾抱着自家的孩子,任由工人的孩子在地上哭,当场就把那个保育员批评一顿。

铁人刚走出托儿所,所长告诉他:"今天你冤枉人了,那位保育员刚才抱的孩子是别人的,哭的孩子才是她自己的。"听了这话,王进喜像被人打了一棍子,嗡的一下,头都大了。他返身回到屋里,握住那位保育员的手恳切地说:"同志,真是对不起,方才错怪了你。毛主席说没调查就没有发言权。我不了解情况,胡乱批评人,你一要担待,二要批评我,给我提意见。"

晚上王进喜睡不着,想起白天的事,一个家属抱着别人的孩子,叫自己的孩子坐地上哭,这是多高的觉悟,多好的精神呀!自己为什么不问清楚就乱批评,冤枉人。还不是以为自己先进、自己高明,看来能夹起尾巴做人也真不容易,真得放下架子好好地向家属老大嫂学习呀!

　　第二天,他又特意绕道去那个托儿所向保育员再次赔礼道歉,做了诚恳的自我批评。
　　"知错就改"正是铁人一贯的态度。

永远的铁人
百集经典故事

75

二大队的"国宴"

俗话说,"有难同当易,有福同享难"。

钻井二大队成立于最困难的1961年春,任务重、战线长。平时除了打井还要种地、挖野菜、烧砖、盖房,大家工作没少干。王进喜常想,机关的30多名干部不但干工作很辛苦,由于自己脾气急爱发火,他们挨的批评也挺多。

因此,铁人总想找个机会,表示感谢之情。头两年没条件,现在大队条件好些了,他就和徐锦荣等人商量,请全队机关同志会一次餐。

　　王进喜让后勤生活组好好筹办，嘱咐道："一定要割肉，买鸡买鱼，搞好一点。"不仅如此，他还亲自找来厨师说："这回大队会餐，你要好好做几个拿手菜，一定要亮出绝活儿！打点油酥饼，好好招待大家一回！"

　　定下日子后，王进喜交代一定要逐个通知到，一个也不能缺。

　　宴会这天，全队上下人到得特别齐。

　　王进喜端起一杯茶，以茶代酒，很动情地对大家说："咱们大队成立3年了。在上级党委的领导下，经过全大队一千多号人的努力才有了今天的成绩。咱们机关事儿多，人少，大伙儿都很辛苦。饭菜有点简单，这也是我们的一点心意，大伙儿都尝尝吧！"

　　上了几道菜后，王进喜又来到生产技术组和调度室这一桌，说道："论表扬我最多，论吃辛苦你们最多。每天让我赶得脑停不下来、脚也停不下来，有的时候还要挨我的'刮'，真是对不住，我敬你们一杯！"铁人的这番话说得大家心里热乎乎的。

　　如今工人们回忆起那次聚餐，都把它称为二大队的"国宴"。大家说："那次饭和今天简直没法比，可是大家吃得开心，'酒'薄情意重啊！"

永 远 的 铁 人
—
百集经典故事

76

向全国人民汇报

　　1964年,铁人被选为全国人大代表,在第三届全国人民代表大会第一次会议上,他要代表全国工人作汇报发言。

　　能走进繁星满天、金碧辉煌的大会堂,站上神圣的最高讲台面对万人讲话,这在铁人看来是全体大庆石油工人的骄傲。为此,他一连熬了几个晚上,认真细致地准备材料。石油工业部副部长康世恩也亲自指导,告诉他讲什么,该怎样讲。

发言当天,铁人为了不出错,用手在讲话稿上一行行比画着念。他只是读了几句,代表们就爆发出了热烈的掌声。这样的情景让铁人十分激动,他的情绪被瞬间点燃,自己也情不自禁地跟着鼓起掌来。可待到掌声渐渐平息,他却找不到刚才说到的那一行了。

铁人索性就脱开了稿子,开始自由发挥。

"1961年以后,在更多更快打井的同时,我们组织职工、家属盖'干打垒'、开荒种地,战胜了生活上的困难,在科学打井和管理工作方面也取得了新的胜利……"

围绕着"用革命精神建设好油田"的主题,铁人以石油大会战为背景,以1205队和钻井二大队的工作为主线,向全国人民汇报了大庆工人阶级不屈不挠、迎难而上,与恶劣的自然环境和各种客观困难作斗争的拼搏故事。整段发言既总结了经验做法,也讲述了成果业绩,更分享了心得体会。虽然是即兴的演讲,但没想到说出来反而更自然、更生动、更有气魄,效果也更好。

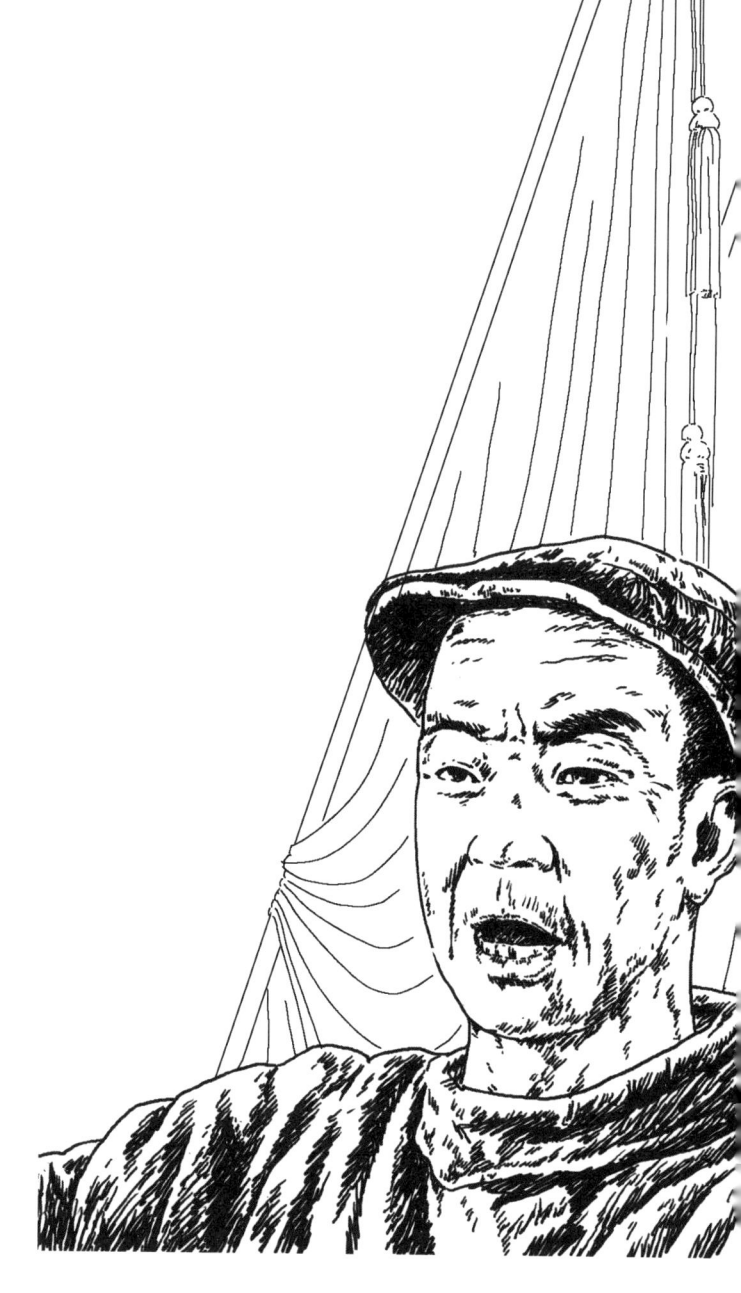

在新中国经历了种种艰难和重重曲折之后,人们听到铁人带来的这样一个"长我志气、扬我国威"的报告,振奋的心情无法言说,热烈的掌声一阵高过一阵,一波接着一波。

永远的铁人
——
百集经典故事

77

主席的"家宴"

1964年年底,王进喜作为代表参加第三届全国人民代表大会,并在会上作了汇报发言。大会闭幕当天,王进喜连同陈永贵、邢燕子、董加耕四位工农代表,被领到小宴会厅,这才得知今天是毛主席七十一岁生日,宴会的主题是招待劳模。

在周总理和朱委员长的陪同下,毛主席步入餐厅,满面笑容,向大家招手致意,随后赶忙向四位工农代表走了过来,头一个就是与铁人王进喜握手,此刻的王进喜再也抑制不住心中的激动之情,不知不觉热泪盈眶。

大家依次落座，毛主席用浓厚的湖南口音微笑着说道："今天既不是做生日，也不是祝寿，而是实行'三同'。我用自己的稿费，请大家吃顿饭。这里有工人、农民、解放军，不光吃饭，还要谈谈话嘛！"说得大家都笑了。接着像唠家常一样，和大家边吃边聊。

谈到大庆时，毛主席说："余秋里和石油工人们一起搞出个大庆来，很不错嘛！石油工人干得凶，打得好，要工业学大庆。"王进喜听到后激动地点头。

接着，毛主席语重心长地说："你们不要翘尾巴，一辈子不要翘尾巴，要夹着尾巴做人。"

说是生日宴,其实却很简朴,在餐桌上,王进喜吃得不多,话也很少,就是坐在那里看着毛主席。

毛主席的教导,王进喜牢牢记在心里,铭记一生。

永 远 的 铁 人

百集经典故事

78

一名好演员

大家都知道王进喜是石油工业战线上的一面旗帜,可谁能想到,他还是一名顶好的演员。

1965年2月,大庆油田的文化大院迎来一批电影人。带队的是上海电影局局长张骏祥。他们这次过来的任务是,再现大庆石油会战的过程和先进人物。

在那个年代,拍电影还是稀罕事儿,能当上电影明星,多耀眼。可偏偏电影里的男一号——王进喜不领情。

"让我自己演自己?都是过去的事,有啥拍头?有那时间,我能多打出几口井。"王进喜一甩手,转身就要走。

最后，还是大庆石油会战工委的几位主要领导，拉着王进喜谈了大半天，反复强调拍摄这部艺术纪录片的重要意义，并以周恩来总理的名义给王进喜下达任务。

"为了让更多人了解情况，宣传就宣传嘛。可有一条，你们都得听我的。"王进喜终于同意配合拍摄，但条件却让张骏祥听后直摇脑袋，只能妥协道："你当现场总指挥我没意见，但在保证安全的前提下越逼真越好，还有，胶片少，那可是国家动用外汇买来的！"

一提到外汇，王进喜皱起眉头来，心想，他绝不能给国家造成损失。

　　当摄影机转动起来的那一刻,王进喜仿佛一瞬间穿越回到1960年,他整个表演过程舒展自然,不露一丝表演痕迹。张骏祥惊呆了,拍摄完毕后他说:"王进喜太出色了,他的表现让专业演员汗颜。"

永远的铁人
——
百集经典故事

79

整顿机关作风

　　1965年6月，铁人王进喜担任钻井指挥部副指挥，正赶上工业学大庆的高潮，作为大庆人的优秀代表，要完成宣传大庆的任务，就没有给他安排具体管哪些事，可他闲不住，脚下有攀不完的高峰，手里有干不完的活。

　　一天早上，王进喜召集生活办公室全体人员，要出题考考他们，谁答不上来，就靠墙边站着。

事情来得突然,大家没有心理准备,面面相觑。王进喜说:"就考大家一道题,很简单,我们30多个钻井队的井位都在哪里?"主任、科长们先答,但他们明显没有完整的答案,忐忑不安中错误不断,还没等说完,就都自觉站到墙边;接下来的人各个战战兢兢,胆大的人胡乱说了几个,就说不下去了,胆小的人一言不发,拧着衣角,抓耳挠腮。没过一会儿,墙边陆陆续续站了一堆人。铁人生气了,胸脯起伏,怒气不小。

"要我们生活办这么多人干什么?不是坐办公室、喝茶水、看风景,而是为基层服务。你们连井队在哪打井都不知道,怎么为人家服务?"铁人的话句句戳中每个人的心窝,大家都耷拉着脑袋,恨不得找个地缝钻进去。

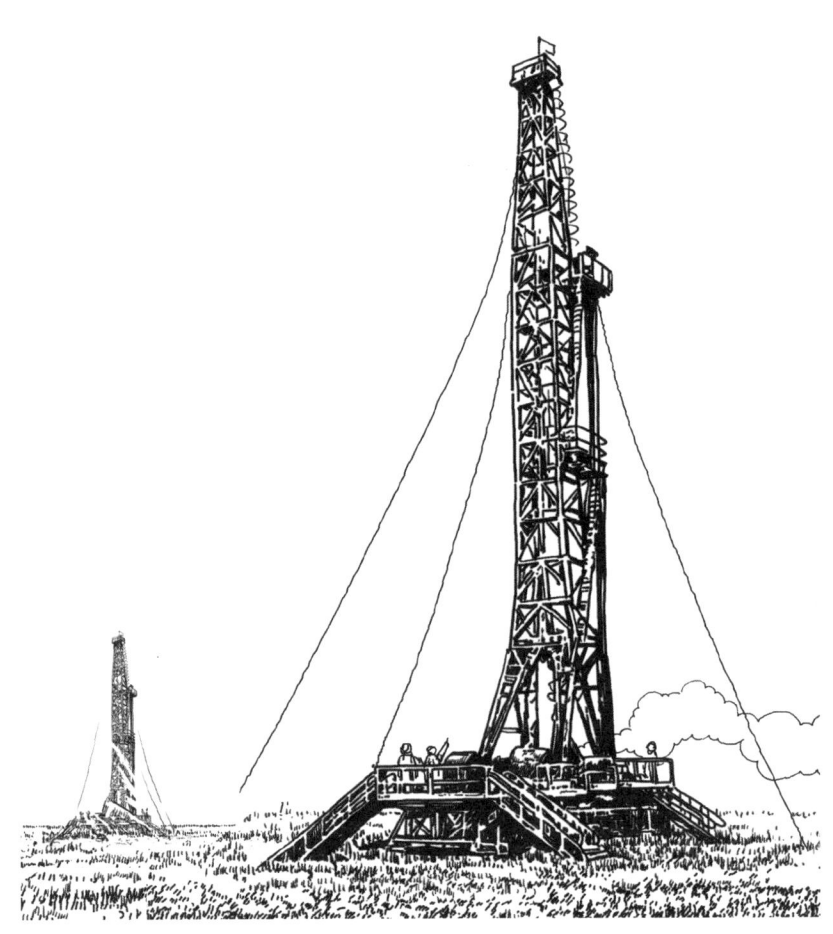

　　知道羞愧才能改正缺点，改变工作作风。生活办上下立即行动起来，找井位图，联系井队，准备餐车和物资。第二天清晨，留一人看家，其他人全下去挨个井队走，发现问题，就地解决。从此，生活办公室工作作风大变样。

永远的铁人
——
百集经典故事

80

"老头攻关队"

　　1965年6月,当上钻井指挥部副指挥的铁人王进喜一边负责工业学大庆的宣传工作,一边忙生产工作。

　　再忙,王进喜也没忘记工作重点还是抓生产,生产是大事。于是,铁人一有空就往井队跑,了解生产情况、提供技术支持,以便遇到问题能够及时解决。

　　"三一井"是指钻井队使用一只钻头,用一天时间,打出一口1000多米深的井,是大庆提高钻井生产水平的新标志,要实现这种前所未有的高水平,用好刮刀钻头是关键。王进喜经常到打"三一井"的钻井队,组织人员帮助攻关技术难题。

他把技术干部和一些实践经验丰富的老工人组织起来,给钻头"把脉"。通过逐一分析使用过的钻头,钻头刀片强度不够、水眼太小、方位不合理等问题也抽丝剥茧地暴露出来,大家提出改造建议:改生铁铺焊为乌钢粉低压黄铜铺焊,改圆型喷嘴为椭圆型喷嘴,扩大喷射面。建议采纳实施后,很快解决了问题,提高了钻进效率,实现了打"三一井"的目标。

　　这次技术攻关，老工人充分发挥各自实践经验丰富的作用。于是趁热打铁，王进喜向指挥部提出，把一些年龄偏大已不适合在一线井队工作的老工人调到一起，组成攻关队，与技术人员一同搞钻井技术改造。他的提议得到了指挥部的批准。

　　很快，钻井技术骨干攻关队便组建起来，还被大家亲切地称作"老头攻关队"。这些经验丰富的"老头们"，热情高涨，积极钻研，提出许多既实用又有效的建议，成为钻井生产工作中不可或缺的"参谋"。

永远的铁人
—
百集经典故事

81

工人诗人

1964年，美国记者埃德加·斯诺访问中国，向毛泽东主席问道："你有什么要告诉世界的？"毛主席回答："我国东北新开发个大油田，有个钻井工人说，'石油工人一声吼，地球也要抖三抖'。我们一发言，世界就有人受不了。"

毛主席说的这位石油工人，就是铁人王进喜。而这两句小诗，因为表达出了中国人民的豪情斗志，被看作是中华民族"面对世界的发言"。

铁人一生留下了许多脍炙人口的诗篇。例如，为表达会战职工的不畏艰难，他写下《石油工人斗志高》；为展现大会战战天斗地的热血豪情，他写下《世界冠军咱要当》；为纪念出访阿尔巴尼亚的难忘经历，他写下《伟大友谊万年青》……

这些诗句是从铁人心里流淌出的语言，朴实得就像工友在耳旁的鼓舞，也是为理想而奋斗的情感迸发，一字一句中传递出的激情，如火焰一般热烈。

　　1965年，铁人到沈阳军区参观学习，解放军战士刻苦练兵的场景，让他感慨"大会战也像打仗一样"，于是又琢磨着写起诗来。回到大庆，《战报》记者采访时，铁人把写好的诗拿出来请他们帮着完善，经过反复斟酌才最终定稿。

1966年2月,铁人在北京作报告时,高声朗诵了这首诗:
手扶刹把像刺刀,钻杆就像飞机和大炮,
压力一加,钻头就往地球里边跑,
打完进尺,原油呼呼噜噜往地面冒……
在场的人们,从中感受到一种凛然不可侵犯的力量,热烈的掌声经久不息。

铁人虽然没上过学,文化水平不高,但他的诗句却浸满了质朴的人格魅力,饱含着强烈的家国情怀。他用诗一样的热诚投身于那个火红的年代,也极大鼓舞了社会主义建设初期的中国工业战线。

永 远 的 铁 人
—
百集经典故事

82

甘为孺子牛

　　创业岁月,铁人王进喜每天都要挤出时间阅读毛主席的著作。毛主席曾在《延安文艺座谈会上的讲话》中讲到个人和群众的关系,指出:"'横眉冷对千夫指,俯首甘为孺子牛',应该成为我们的座右铭。"

　　这句话唤起铁人深埋心底的"黄牛"情结。他小时候放过牛,最懂牛的脾气,牛吃的是草,享受最少,出力却最大。于是,他下定决心,要做党和人民大众的"孺子牛",真心实意地为职工群众排忧解难。

陈国安是1261队的司钻,一次上岗工作时,他突然感到下肢无力,双腿发软瘫坐在钻台上。大庆油田职工医院一时查不出病因,铁人就趁着去外地开会的间隙,先后为他联系了省城和北京的医院。

在铁人的帮助下,陈国安住进了北京宣武医院,治疗需要很长一段时间。可让他内心难安的是,自己的妻子是家属,平时需要照顾三个孩子,生活十分困难。

铁人知道后,就把陈国安的妻子调到了大队机关后勤服务队,还嘱咐工会经常去他家了解情况,定期给些补助。不仅如此,铁人只要去北京出差,就抽空到医院探望陈国安,鼓励他说:"治病也像大会战一样,要坚持,你自己可不能松了劲啊!"

　　四年后,陈国安病愈出院,留下了行动不便的后遗症。于是,铁人又把他安排到大队修鞋组工作。就这样,一家五口两人上班,小日子终于美满了起来。

　　始终把职工群众的冷暖挂在心头,是铁人的本色,他心系群众的故事更是比比皆是。铁人出国考察,唯一买回来的东西就是两个"热得快",为的是给工人烧水、熬中药;就连患胃癌住院期间,他也时刻挂念工人们,叮嘱大伙儿盖温室、多养猪,想办法改善职工生活。这个铁骨柔肠的西北汉子,真真正正为人民群众当了一辈子的老黄牛。

永远的铁人
—
百集经典故事

83

出国开眼界

　　1966年春,应阿尔巴尼亚工矿部邀请,中国派一个石油代表团去帮助阿尔巴尼亚做两个新油田的设计。同时,上级要求王进喜和大庆另一名代表陶冰华共同随团去访问。

　　这是王进喜生平第一次,也是唯一一次出国。在这次访问中,让他印象最为深刻的有两件事。

　　一件是他们在布达佩斯待机时,参观了"世界万国博览会"。在这次博览会上,我国展厅虽以轻纺工业产品为主,但也同那些欧美国家的展厅一样,展品琳琅满目,观众络绎不绝。王进喜见此情景非常自豪,他说:"我们中国就是伟大,咱们的产品,外国人都争着看!"

而另一件事，让王进喜久久难忘。

访问期间，王进喜建议多看油田，多了解石油生产情况。每到一个井场，他都通过翻译和当地的石油工人进行友好亲切的交流，条件允许的话，他甚至走上钻台扶一会儿刹把，有时还和阿方工人研究改进措施。

一天阿工矿部长陪同他们参观，在介绍情况时，说道："阿尔巴尼亚180万人口，生产石油近百万吨，平均每人每年半吨油。"

王进喜听完，陷入了久久的沉思和自责。他想，阿尔巴尼亚是个小国，这次来还担负着帮助人家发展石油工业的任务，可人家已经做到平均每人每年半吨油了。我们国家是大国，这几年石油工业虽有了大发展，但平均到每个人手里又能有多少呢？

　　这"半吨油"让王进喜心里感到从未有过的压抑,就如同当年公交汽车上的"煤气包"一样,一想起这些,他就恨不得一步跨回到自己的祖国,多打井,快打井。

　　他对陶冰华说:"看来回去以后,还需要拼命奋斗啊!"

永远的铁人
百集经典故事

84

总理的关怀

1966年5月3日,周总理陪外宾第三次到大庆视察。当他听到1202、1205两个队誓要"上5万,超过苏联功勋队"的消息,心里非常高兴。周总理握住王进喜的手,说:"你们两个队打上5万米时给我发电报,我一定替你们向毛主席报喜。"

铁人向工人们传达了总理的心意和嘱托,大家伙的激情在一瞬间被点燃了。在接下来的日子里,两个队的同志们撸起袖子加油干,只用6个月零10天就打井42718米,超过了苏联功勋队。到1966年8月18日两队双双打上了5万米,实现了年初提出的奋斗目标。

带着完成任务的好消息，9月3日，王进喜带领大庆部分代表来到北京参加国庆17周年观礼。9月29日下午，周总理亲切地接见了报捷团。座谈开始时，铁人蹲在周总理的对面，擎着大大的花名册给总理看。

周总理问道："你多大了？"，铁人笑着说："我老了，干不动了，总理！"周总理也笑着说道："你老了，那我怎么说呢？"这时大家也都笑了。

周总理翻着花名册，一个一个地点着名，问大家的情况。座谈中，周总理得知1202、1205两个队双双上了5万米，说道："你们一定要超过美国王牌钻井队！"铁人说："12月份一定上10万，超过它！"

有了周总理的鼓励，大家的干劲更足了。

按周总理的安排，铁人一行人住进了中南海的一栋平房里，晚上十点，百忙之中的周总理还抽出时间来看望大家，对大家说："辛苦啦！我是代表党中央、毛主席来看你们的，这也是查铺盖被！"

看到这些情景，铁人感动得睡不着，他摸着温暖的棉被，想着现在过着国家主人翁的生活，还说什么呢？只有回到大庆好好干，上十万米，多打井，多出油，早早地实现全国每人每年平均半吨油的梦想！

85

铁人"五讲"

　　这本1966年出版的《毛主席语录》中有铁人王进喜的亲笔签名。

　　1966年国庆节期间,铁人应邀到北京人民艺术剧院作报告。当时19岁的演员李光复和朋友一起去后台,在一楼走廊的沙发上看见一个熟悉的身影。

　　李光复突然眼前一亮,这不是铁人吗,于是他连忙对铁人说:"我见着您简直太荣幸了。"

　　铁人见有人认出他,正准备起身,李光复连忙一边摆手,一边蹲下来和铁人攀谈。

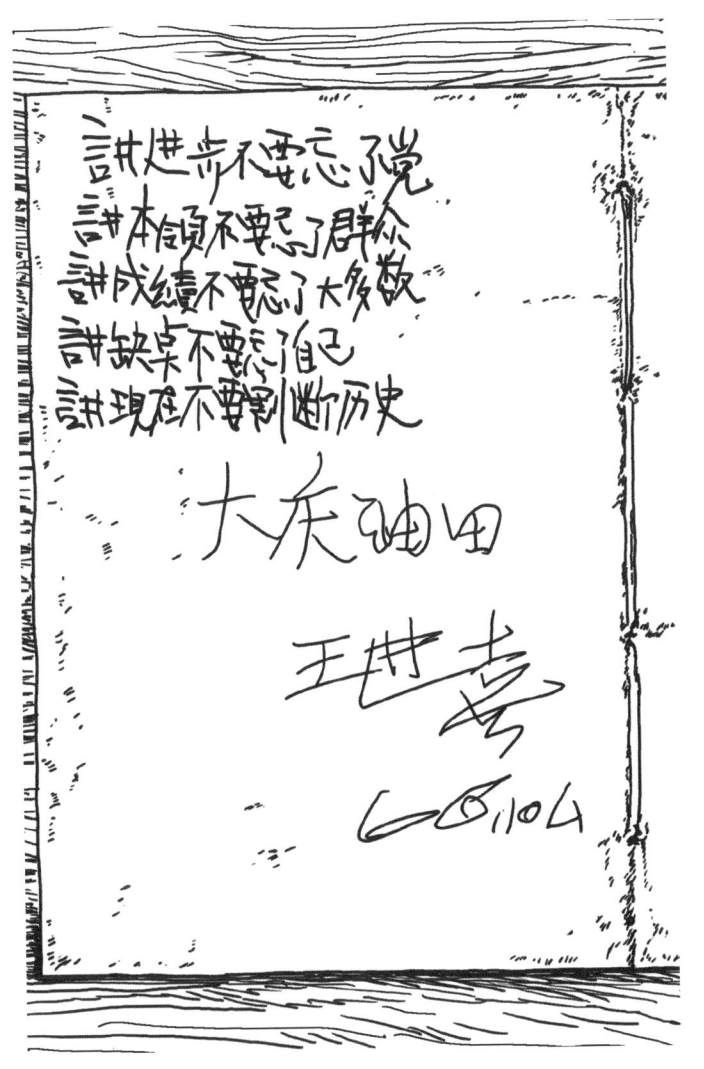

李光复向铁人询问了两个问题。一个是大庆的"干打垒"是怎么盖的,另一个是当时跳进泥浆池用身体搅拌泥浆,具体是什么情形?铁人都一一作答,他说:"广大石油工人自力更生、艰苦奋斗、革命加拼命,一举甩掉了我国贫油落后的帽子。"这一切都令李光复惊叹不已。

李光复接着说:"你们冒着零下三十多度的严寒,吃不饱饭,你们这么干,我实在是太佩服你们了,这要什么样的精神啊?"铁人笑了,说道:"那是我们石油工人的责任嘛。"

这时,李光复掏出随身带着的《毛主席语录》,打开扉页,请铁人签名。

铁人就把《毛主席语录》垫在沙发扶手上写下了:"大庆油田王进喜"七个大字,并署名日期"1966年10月4日"。李光复又请铁人讲几句鼓励的话,略微思考后,王进喜说出那思想深刻、充满哲理的五句话:

讲进步不要忘了党;
讲本领不要忘了群众;
讲成绩不要忘了大多数;
讲缺点不要忘了自己;
讲现在不要割断历史。

这"五讲"是铁人王进喜毕生学习和实践的结晶。从普通钻工成长为全国闻名的铁人;从基层干部成长为党员干部的楷模;从"三讲""四讲"到体现理想信念和党的优良传统的"五讲",这来源于铁人王进喜对毛泽东思想的学习,来源于他思想的不断升华,更是他留下的宝贵思想财富。

  50多年过去了,李光复仍然记得身穿深色半旧中山装、头戴前进帽的铁人,言语中透露着哲学思想和智慧,身上闪现着无私无畏的英雄气概和光辉形象。

永远的铁人
——
百集经典故事

86

双上十万米

1966年会战工委在"学大庆"的高潮年,提出"全国学大庆,大庆怎么办"的问题。

接下来,大庆该怎么办?又该怎么干?

王进喜把目标放在了1202、1205钻井队,其中一个是"永不卷刃的尖刀"队,另一个是自己带出来的"钢铁钻井队",两头小老虎,正摩拳擦掌,要向苏联曾创造年钻40861米高纪录的功勋队发起挑战,这和自己心中"每人每年半吨油"的大目标,正是不期而遇。

得到会战工委的批准后,王进喜便把全部心思都放在了两支队伍的比拼上。尽管两队工人们能打能冲,技术过硬,但要年钻5万米也不是件容易的事。王进喜从大处着眼,小处着手,和他们一起想点子、订措施、挖潜力,协助管生产的领导做好搬家安装、固井测井、后勤保障等配套工作。

从1月21日开始,整整8个月,王进喜几乎都吃住在井上。今天在1202队,把高压管线接头改为软管连接,明天去1205队,把所有零碎备件、小工具分类上爬犁。他还总结出两支钻井队各自的经验和技术特点,再来个资源共享,让这两支本就名号"响当当"的钻井队,再创"高水平",真正实现了"双赶超、双提升"。

当时，1202、1205钻井队的第一口井，就创出冬季打井的最高成绩，起步以后更是越打越勇，到4月月底就打到了2万米。随后，他们历时6个月零10天打井42718米，超过了苏联功勋队。7月，两支队伍双双实现"九开九完"。8月18日，两支队伍双双打上5万米，1966年12月26日，又双双打上10万米，超过美国王牌钻井队。

当大家询问王进喜是有个啥诀窍时，他说："工作中心要热，头脑要冷静，干劲要大，工作要严细认真，这就是诀窍，更是咱该做的。"

永远的铁人
—
百集经典故事

87

回民小灶

井上粗犷的糙汉子，也有细腻的小心思，这句话体现在铁人王进喜身上，就是把工人们的事当成天大的事，实实在在办好。时间长了，他爱操心的"毛病"不知道温暖了多少人的心窝窝，不管认识的人，还是不认识的人，都愿意向他袒露心声。

那是1969年的大庆，秋风萧瑟，吹卷起阵阵狂沙，打在人脸上像划刀子一般疼。有两位刚分配到大庆的回民大学生，因本就不适应这里的环境，所在单位还没有专门的回民食堂，只能天天四处找吃的，这种饥一顿、饱一顿的日子，过了足足三个月，他们不断向有关部门反应，却一直没有得到妥善解决。一次，有人给他们支招：有难题就去找铁人，准没错。

铁人这响当当的名号他们当然知道，可人家铁人有自己的工作要忙，哪有时间管他们的闲事？两个人垂头丧气，觉得只能继续等下去。可没想到，一次偶然外出，他们竟然在路上遇到了铁人。机会难得，两人虽然觉得不妥，但还是一股脑将自己的难题说了出来。没想到，铁人听得特别认真，还将两人的信息和联系电话都记录了下来。

铁人真能把事儿办成吗?其实两人也没报啥希望,毕竟铁人能用心听他们把话讲出来,他们就觉得心里敞亮多了。就这样过了三天,他们突然接到通知,让去有回民灶的采油四部上班。

"三个月没有解决的问题,人家铁人三天就给办成了。"两位大学生感动得热泪盈眶,逢人就夸铁人是实实在在为工人们办事的好干部。

永远的铁人
——
百集经典故事

88

创办回收队

大庆石油会战中，干部职工意气风发，干劲十足，都抢着、比着、追着创高水平，刷新纪录，导致扔在工地上的一些废旧物资没有及时收回。会战工委一再强调"文明施工，工完料净"，但仍有随意丢弃旧物零件的现象发生。

整天在各个井队奔波的王进喜，看在眼里，疼在心上，他琢磨着，应该搞一次大规模回收，变废为宝。

随后他向上级汇报，想组建一个回收队。大家考虑他工作忙，身体也不太好，于是想让别人来分管这项工作，可他却说："我跑的地方多，知道哪里有货，还是我来管吧！"

1969年8月，铁人回收队正式成立了。

创建初期，回收队工人没地方住，就支起帐篷；盖房子没木料，缺砖瓦，大家就到处拆旧房、扒菜窖、捡砖头，拆旧利废盖新房。有人对铁人说："老队长，你是中央委员，写张条子，到供应指挥部要啥有啥，何必费这劲？"

王进喜反问道："咱回收队干嘛的？专搞回收的。遍地的旧物旧料，不去捡，还伸手要，那要咱有啥用？艰苦奋斗、自力更生、增产节约，这才不辜负回收队这个称号！"

王进喜的一席话，统一了大家的思想，也增加了工人们的干劲。大家经过一个多月的苦战，用收回的木料砖瓦，盖起了三栋住房，一座大车库。

　　回收工作，离不了汽车，有的大件还得用吊车。那么，车上哪要呢？王进喜心里一亮，想起大庆交通监理所有很多无人认领的大车、小车、卡车，除此之外，还有钻井电测站报废的仪器车，仪器虽然废弃了，但车是好的。于是，他连忙和这两个部门联系，拉回旧车，七拼八凑，修修补补，最终成功修复出八台解放卡车，一台车装吊车，很快就投入使用。

搞回收得按计划，一丝不落，全收回来。王进喜事无巨细，和大家一起立规矩，制订出一套由近及远，切实可行的计划。不仅如此，为了做到明码建账，规范管理，他还特调一名技术员，负责监督记账和器材管理。

在王进喜的带领下，各单位的回收队也遍及油田，逐渐发展壮大起来。

永远的铁人
——
百集经典故事

89

一颗小螺丝

一颗小小的螺丝,看起来微不足道,可它在铁人王进喜的眼里,却像珍宝一样珍贵。

铁人回收队成立初期,担任队长的王进喜就深深知道,物资匮乏的新中国要建设好一个大油田,就必须勤俭节约,艰苦奋斗。他给回收队员们立下规矩:"搞回收,就是给国家创造财富。大的小的全都收,不要'挑肥拣瘦',野外除了土不收,石头沙子都要收。"

一次回收时,工地上的大件已经装上了车,地上还有个小螺丝。一个青年徒工看见了,想都没想,就一脚把它踢进草堆里。

王进喜看见后,赶紧过去把螺丝捡了回来,叫住他。

王进喜说:"咱不规定大小都收吗?你怎么给踢了呢?你看这个东西,你说它有多重?"那工人说:"可能一两,不到一两吧。"王进喜说:"这一两,这是啥啊,是钢铁呀。你知道这一两钢铁怎么来的吗?"工人说:"我不知道。"王进喜说:"在铁矿里采矿,矿砂拿来再搁炉里炼,把它炼成铁,炼成钢,炼完以后还得铸造,铸造完了它是个坯子,还得上车床上去车。这一个过程,咱们多少血汗花这么一个螺丝上,它值多少钱你能估计出来吗?所以你一定不能把它丢掉,得把它要收回来。"

王进喜的一番话,把艰苦奋斗、勤俭节约的作风,深深烙印在小徒工的心里。在回收队干部职工大会上,徒工主动承认了错误:"我踢的螺丝钉不大,可指挥我行动的思想确实可怕。老队长的教育我终生难忘。"

　　冬去春来,王进喜带领队员搞回收的身影出现在油田各地,也让反对浪费、勤俭节约的高度责任感在油田蔚然成风。

永远的铁人
—
百集经典故事

90

回收队精神

　　铁人回收队的工作有序开展,他们把千里荒原当作战场,兵分多路、早出晚归,将大量失散的器材都收了回来。王进喜只要不开会,就来和大家一起干,劳动中,他总是挑最累最脏的活来做。

　　一次,他们在一个污水坑里发现一根角铁,有的人看见这臭水沟便有些犹豫说道:"等水干了再来刨吧!"铁人严厉地说道:"不能等,搞回收也要抢时间。"说罢,他就走进过膝深的泥水里,动手挖起来。工人们看他干得很吃力,就劝说道:"老队长,你赶快休息会儿,我们加把劲儿多干点就行啦!"铁人说:"你们加把劲儿,再加上我的劲儿,不是力量更大吗!"大家听后,都很惭愧,也随着铁人更卖力地干起来。

回收队的工作十分辛苦，内部也有人产生了怕苦怕累的思想，以至于不能安心工作。

铁人看在眼里，急在心上，他觉得既要做好队里的思想政治工作，还要减轻工人们的劳动强度，做好后勤服务。

一天，回收队召开大会，铁人把大家带到摆满回收物资的料场上，指着排列整齐的油管和钻杆说："同志们，我们收回来的大量钢铁管材是破烂吗？不是！这都是建设社会主义的重要物资，我们搞回收不仅仅是把这些东西收回来，更重要的是用行动向铺张浪费的思想和行为作斗争。"他的一席话，引起了会场一阵热烈的掌声。

　　大家坚定了信心，用脚步丈量着油田的每一寸土地，把汗水洒遍了油田的每一个角落。10年来，他们回收上缴钢铁1.73万吨，管材19万多米。1961年到1983年，油田平均每年回收废旧物资550吨。他们不仅为国家节约了大量的物资，而且解决了生产建设中的急需。

　　最终，"回收队精神"也成为大庆油田艰苦创业的"六个传家宝"之一，代代相传，在各个时期为油田降本增效提供了强有力的支撑。

永远的铁人
——
百集经典故事

91

难忘战友情

在铁人王进喜纪念馆的展厅里,静静地摆放着七册珍贵的日记。这套特殊的展品是原石油工业部副部长李敬在1960年至1966年所写的日记,它不仅是大庆石油会战时期非常珍贵的原始资料,更是见证了铁人王进喜与他本人的一段令人动容的战友情。

1960年10月,李敬任松辽石油勘探局钻井指挥部指挥,是王进喜的直属领导,两人可以说是莫逆之交。李敬一直有写日记的习惯,他的日记里,记载了自己参加大庆石油会战的经历,尤其是他与铁人王进喜的交往、铁人的事迹、学铁人的心得体会,以及重要会议记录等。

1961年,油田因为钻井质量问题召开职工大会,康世恩指挥点名让钻井指挥部领导李敬、李云站到主席台上接受批评。因事来晚的王进喜不但没有躲避,反倒主动走上主席台和李敬、李云站在一起接受批评,这种敢于承担责任的举动让李敬非常感动。

1969年，李敬在江汉油田接受劳动改造。翌年春节前夕，铁人带领慰问团赴江汉油田慰问，在当地有关领导陪同下来到了四川参战指挥部。刚一进门，他就极力要求面见老领导李敬，相关领导只好让人把正在烧茶炉接受劳动改造的李敬押了上来，铁人疾步上前双手扶着李敬的双肩，哽咽着说："李指挥，可让你受苦了！"然后把一枚毛主席像章戴在李敬胸前，拉着他坐下，他们像老友重逢、家人团聚一样唠了起来。

第二天,铁人向有关领导建议,把李敬解放出来,恢复正常工作。在铁人的努力下,李敬于当年7月被解放出来,又恢复到了大庆会战时的那股劲。

李敬在捐献他的日记时曾激动地说:"他到江汉是慰问,完全可以风风光光走一圈,不必管这样担风险的事情。可他却要管,管的那么认真。这就是国家主人翁的本色,这就是优秀共产党员的本色。"

永远的铁人
—
百集经典故事

92

恢复"两论"起家基本功

1966年到1970年间,由于缺乏管理,大庆油田地下形势开始恶化,油田开发建设出现地下压力下降、油井产量下降、原油含水上升的"两降一升"问题,大庆油田生产形势愈发严峻。

1969年刚入冬,有位老工人向铁人反映油田地下情况,铁人听后十分震惊。他立即到早投产的三个指挥部去调查,进机关、下井队、到井站,找干部工人问情况,越听心越急。

铁人深知,油是国家的,是人民的,是用血汗换来的,地下问题不管就是不负责任,就要耽误油田一辈子。

1970年1月,在北京召开的石油系统抓革命促生产会议上,铁人将他调查的情况向余秋里作了汇报。余秋里感到问题严重,于是他指示铁人准备向周总理汇报。

经过他们没日没夜地撰写和修改,3月17日,铁人把《当前大庆油田主要情况报告》上报给了国务院和周总理。

第二天,周总理接见了铁人等人,并听取了他们关于大庆情况的报告后,作出重要指示批示。周总理在"加强领导班子建设"一段旁边批注:恢复"两论"起家基本功,同时要求石油部抽调几个油田的工程技术人员去大庆,帮助解决"两降一升"的问题。

随后,大庆广大干部工人以铁人王进喜为榜样,搞修井、恢复岗位责任制大检查和一年一度的油田技术座谈会,开展"八四三"会战,几万职工对油田地下进行了规模空前的调查,重新核实,摸清了地下情况,"两升一降"现象得到有效控制。

到1972年下半年,大庆油田基本扭转了地下被动局面,并于1976年攀上了年产原油5000万吨的高峰,有力支撑了濒临崩溃的国民经济。

永远的铁人
——
百集经典故事

93

癌症是个"纸老虎"

　　1970年4月,王进喜回玉门参加全国石油工作会议,回到了他阔别十年的家乡。可没想到的是,早已"藏"在他身体里的病魔在这时发作了。

　　因为长期靠冷馍炒面充饥、超负荷工作,会议期间,铁人胃病反复发作,疼得豆大的汗珠直往下掉。在领导和同志们的多次劝说下,他跟各油田代表告别,前往北京看病。

　　在周恩来总理的安排下，铁人住进了解放军301医院，经过多位专家会诊，最终被确诊为胃癌晚期。

　　胃癌是当时疼得最厉害的病症之一，可铁人却平静地对大夫说："癌症也是个'纸老虎'，我坚决听从领导和医院的安排，一不怕苦，二不怕死。你们大胆治，治好了我回大庆再干它20年，治不好也能积累些经验！"

5月4日,铁人做了胃切除手术。术后恢复期间,他还要继续"受苦"。

术后的两道大刀口带来的疼痛真是难以形容。他对护士说:"打井时砸伤了脚,我不住院,挺着在井上干,没吭过一声。这回可真有点挺不住了!"

胃切除后要早吃饭补充体力,于是,王进喜就大口大口地吃,吃一口吐一口,但还是坚持。开刀的人要早活动,于是,他一能动了就下地走走,不用人照顾。铁人住院期间,医护人员最突出的感受是:"铁人虽然躺在了病床上,但意志弥坚,精神不倒!"

那段时间,铁人最常说的就是大庆、钻井、钻机。他喜欢给医生护士讲油田的故事,讲大家没见过的、一眼望不到边的荒原,讲星星点点的抽油机、高耸的井架……在他的心里只有一个念想,那就是快点儿好起来,回到大庆,继续为祖国的石油事业做贡献!

永远的铁人
——
百集经典故事

94

病房变成办公室

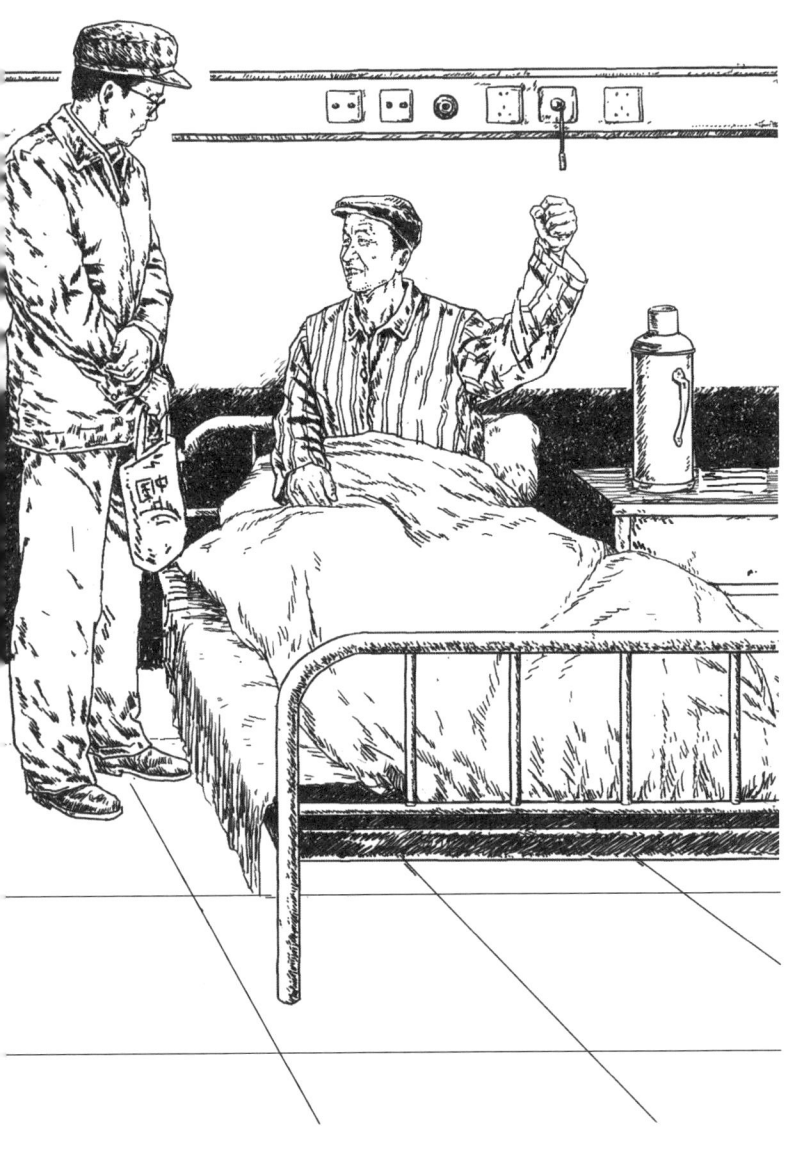

王进喜身患癌症在北京住院期间,看似是歇下来了,可工作并未停止。

即使刚做完手术,忙起工作来也还是不管不顾,把自己的病和病区纪律都忘在了脑后,愣是把病房变成了办公室。

一天早上,老战友张云清到燃料化学工业部汇报情况,谈完工作后特意到医院看望铁人。

负责照顾铁人的护士给他下了"令":"探视时间不能超过10分钟。"又转头对张云清说:"他刚做完手术,需要休息。"

两个人都痛快答应说:"好好好,我们长话短说,说完我们就走。"

可两位老友见了面,铁人就谈起没够,问起没完。

张云清告诉铁人:"老铁啊,目前油田形势不错,都在为扭转被动局面而努力。井下、采油等单位干部工人还像当年大会战那样'人拉肩扛'搞修井,效果也很明显。"

王进喜听了非常高兴,谈了许多自己的想法。这一谈,早就超出了探视时间。

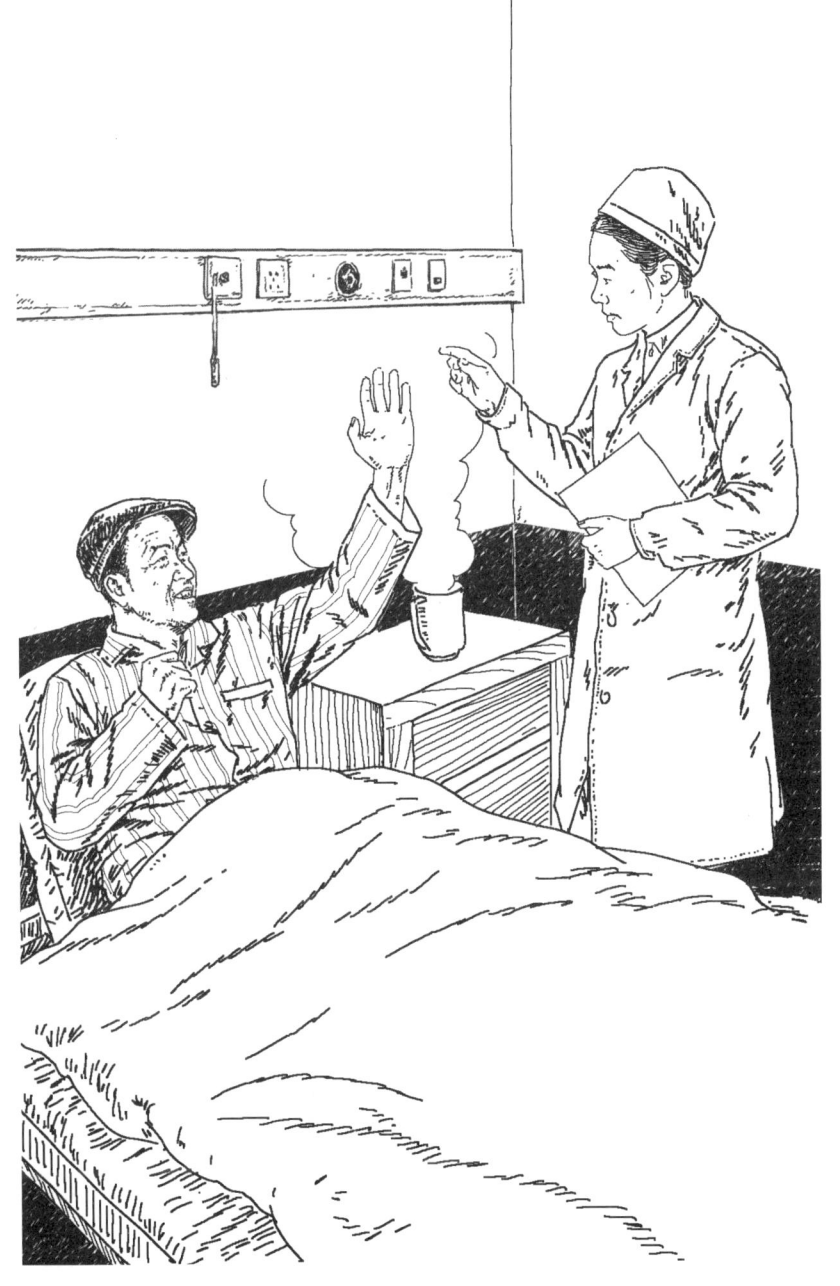

护士没办法,婉转提醒道:"王进喜同志,您该吃药了。""该打针了。"王进喜却笑着说:"再谈会儿,再谈会儿!他们是从大庆过来的,来一次不容易,我没事,治好了病,还能回大庆再干 20 年!"

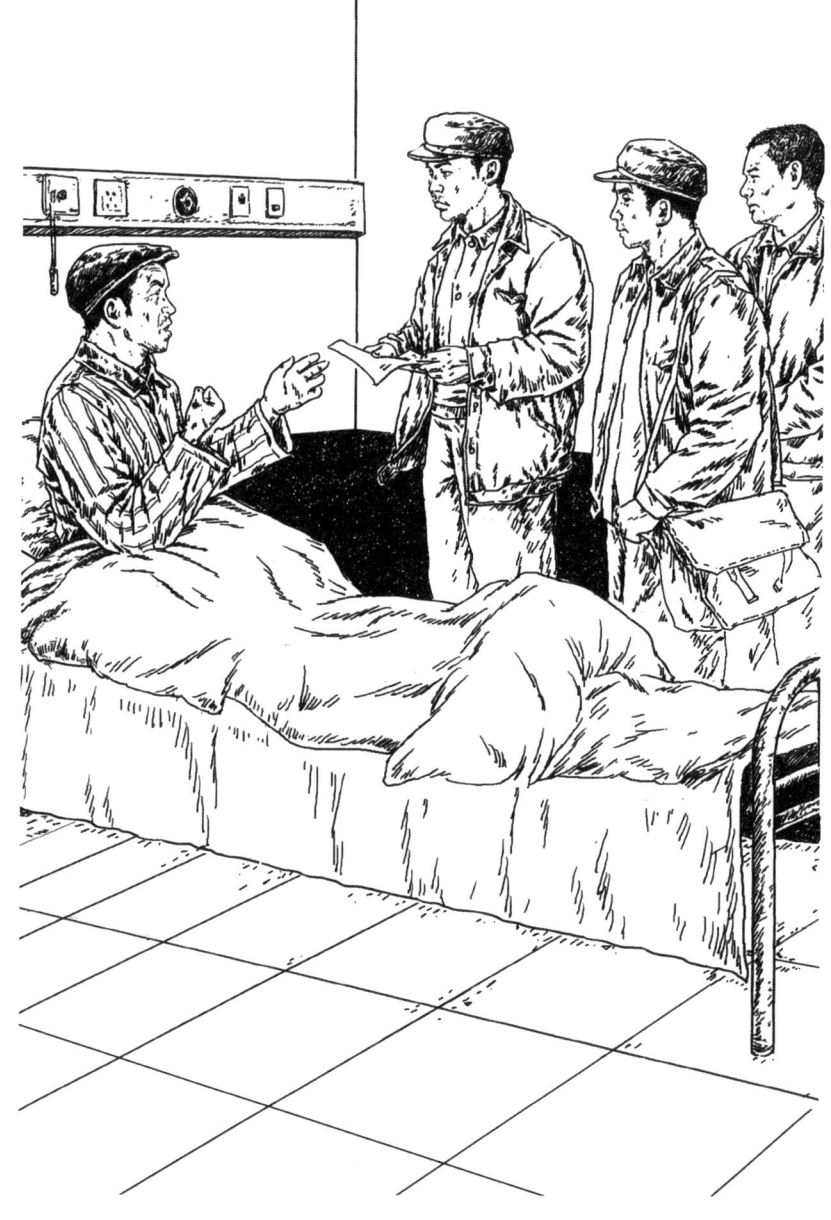

　　后来,护士们看铁人一谈工作就精神抖擞,不让谈反而痛苦万分,也就放松了许多。这样,铁人的病房就像办公室兼会议室一样,经常能听到他们专注的询问、热烈的讨论。

　　在可怕的癌症面前,铁人王进喜依然是那个挂念着油田的"工作狂",更是一个藐视病魔的无畏者。

永远的铁人
—
百集经典故事

95

石油融化在我血液里

　　1970年5月4日，北京301医院为王进喜做了胃切除手术。术后，王进喜始终保持平静的心态，积极配合医生治疗，有种压不垮的气势。他的坚定意志和乐观情绪感染了医护人员。

　　医疗专家们说，癌症患者就怕天天想着那个"癌"，而铁人不是这样，除了积极治疗外，他想的都是事业、工作。

　　护士王萍说，铁人"事不离钻井，口不离石油"。给他听诊，他说，"我会给钻机看病，老远一听就知道哪出了毛病，你们会给我看病，也一定能把我治好"；给他打针，他说，"你一定要对准，我们打井差几毫米都不行"。这打井、拿油的事仿佛已经融化在他的血液中。

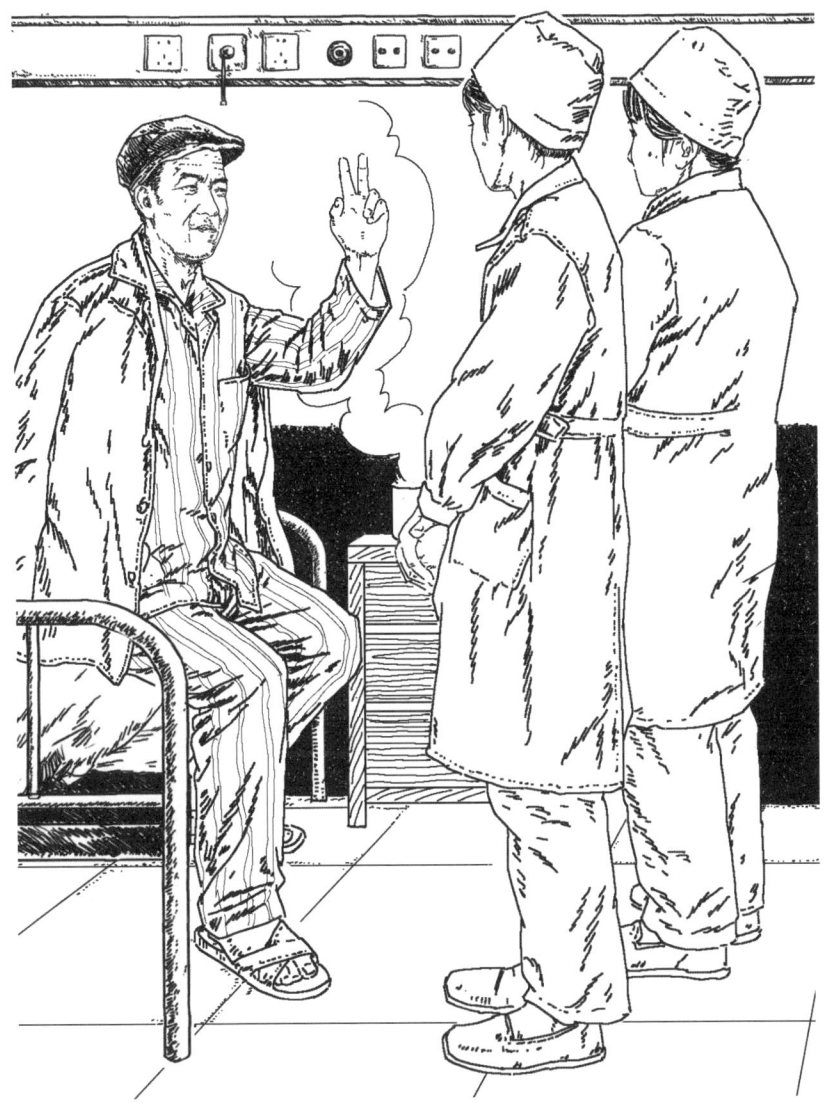

　　铁人常和护士们聊天,问她们是哪里人,护士们回答是北京人。铁人说:"我对不起你们北京人。1960年北京的汽车背上了煤气包,现在说起来,脸上也不光彩。"说着说着就难过起来。

　　过了好一会儿,铁人才缓过劲,说道:"现在好了,油多了,再不用背那个煤气包。现在全国石油工人正在大干,等你们把我治好了,我回去再大干一场!"说完,他顿时沉浸在为油而战的幸福里,沉浸在理想正在实现的喜悦中,一点也不像个重病患者。

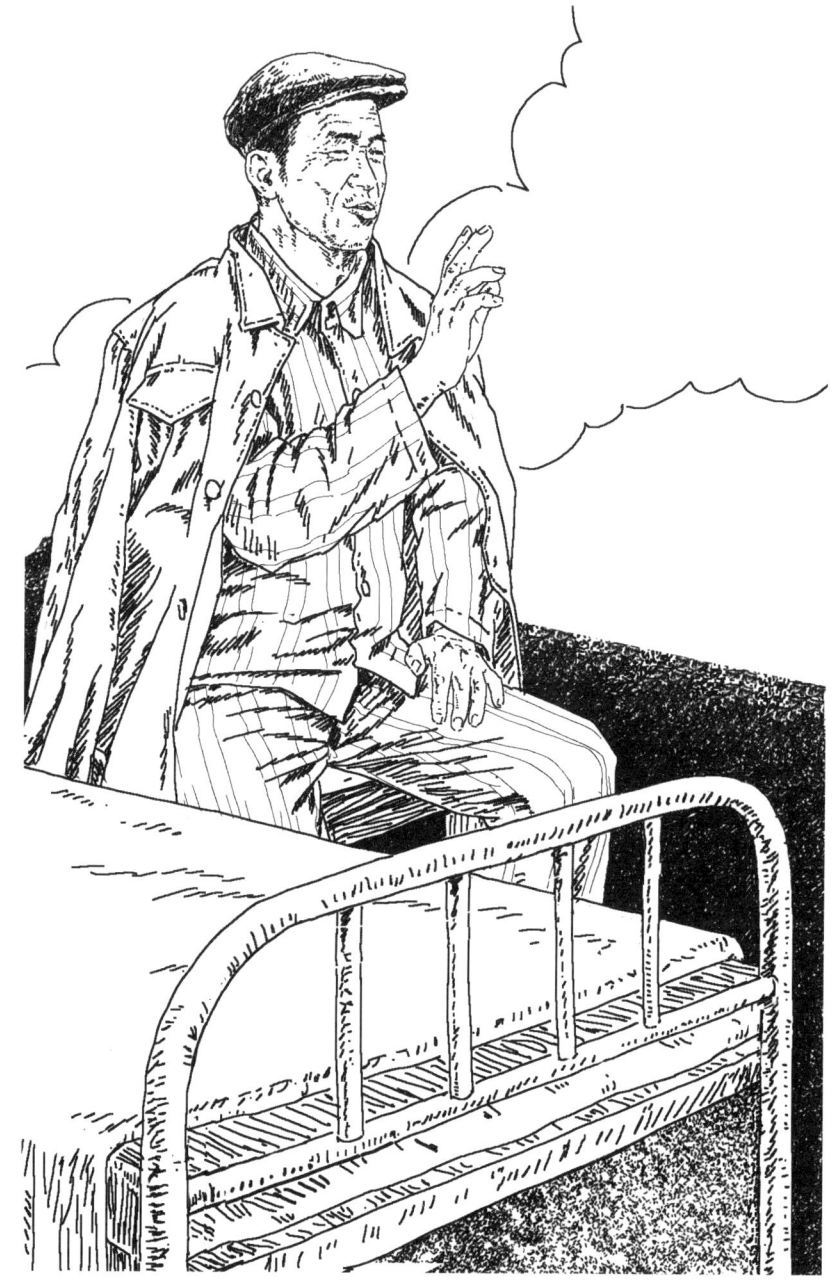

　　解放军总医院专家曾诚富说:"我不把铁人当一般患者对待。他是实干的人,劳动英雄,我把他当作同志、朋友、首长来敬重,重点看护,精心治疗。"

　　"大雪压青松,青松挺且直"。病中的铁人心中那份永不熄灭的热情之火,依然旺盛热烈,这也成为石油工业的后来者,为国分忧、砥砺奋进的动力之源。

永 远 的 铁 人
——
百集经典故事

96

珍贵的菜籽

1970年7月的一天，晴空万里，天气极好，王进喜的身体状况和精神状态也特别好，征得医院同意后，部里派人派车接他外出散心，让他选个地方。

王进喜除了想着他心心念念的石油事业，最放心不下的还是工人兄弟们，每每有人来探望，他总是千叮咛万嘱咐，要干部们多关照那些支援新油田职工们的家属，为的是让一线职工免去后顾之忧。所以，他思来想去，选择去北郊农场。

农田里蔬菜种类繁多，王进喜看了满心欢喜。

王进喜看着眼前的菜架上，一条条像小蛇一样垂下来的蔬菜，询问过后，才知道叫蛇豆。他顿时来了兴致，干脆席地而坐，与菜农仔细唠起了种植蛇豆的技术。

与菜农说话的功夫,王进喜的心早就飞回了大庆,他想象着在自己亲手创办的回收队里,大家用回收来的旧料盒盖温室,一片片庄稼大丰收,回收队不断壮大,建成生活基地,工人们都能吃饱吃好,不再饿肚子。

  他向菜农要了几种菜籽，还详细问了种植养护方法和注意事项，回来后就立刻将这些珍贵的菜籽交给工作人员，给他们讲怎么种，并叫他们带回大庆，交给家属管理站试种。
  王进喜的一颗心全给了大庆，全给了石油事业，即使病魔纠缠他，他心里想的依旧是大庆的工人们，这是他始终放不下的牵挂。

永远的铁人
——
百集经典故事

97

再上天安门

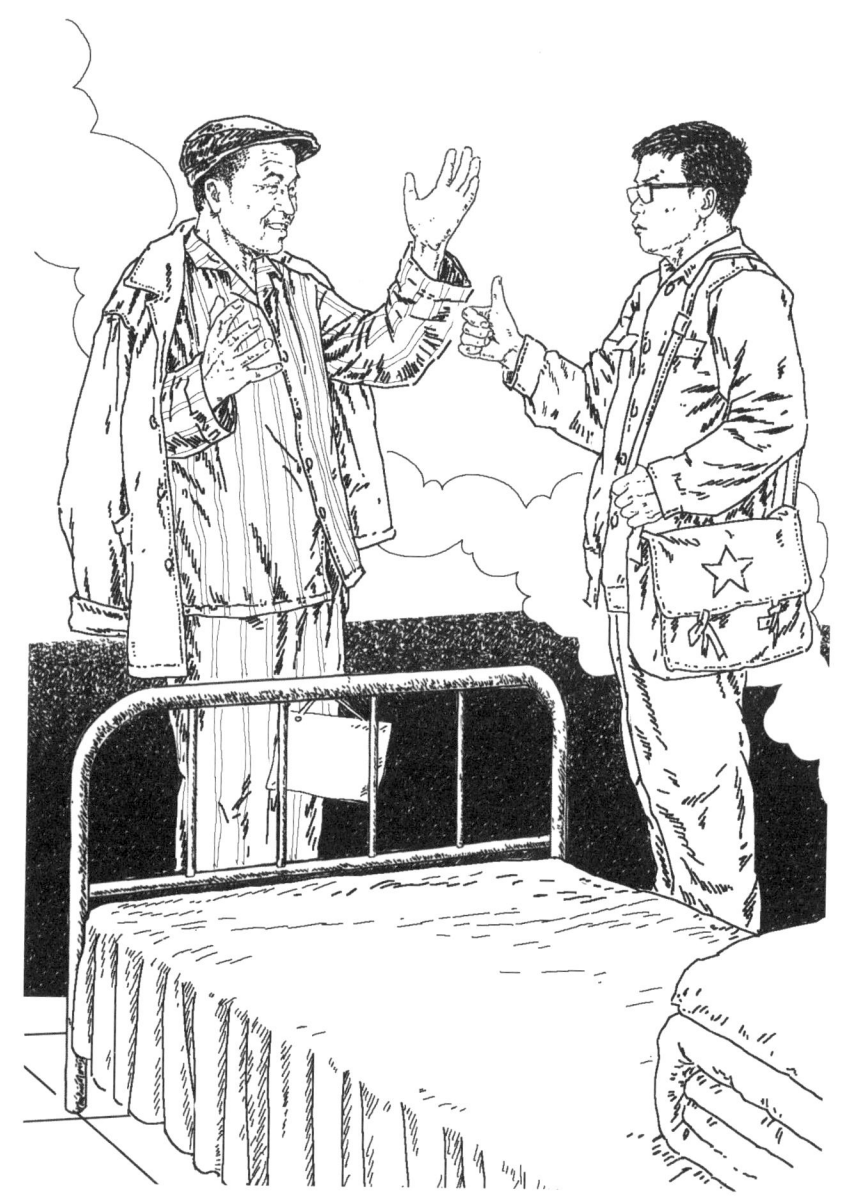

　　1970年9月，王进喜感觉胃部疼痛减轻了许多，身体状况也好了些，他逢人便说："我病好了，可以回大庆啦。"

　　国庆节前夕，燃料化学工业部转来党中央、国务院的请柬，请他出席国庆观礼，并给了两张观礼票。王进喜心想：这一回，这份党的关怀、总理的关心，这个最大的幸福要送给跟了自己20多年，吃苦挨累的老伴儿，带她一起去见毛主席！

　　10月1日这天,北京秋高气爽,万民欢腾。王进喜感到一身轻松,他嘱咐妻子王兰英:"别着急,要睁大眼睛好好看看我们敬仰的毛主席!"

　　他们来到天安门城楼上,看着城楼前游行的队伍浩浩荡荡地走过,王进喜无比激动,心里也更加坚定了两件事:一件是等病好后,回大庆再干20年,争取早日实现大庆年产油四千万吨、全国产油一亿吨、全国每人每年半吨油的梦想。还有就是出院后,要先到大寨参观学习,再到长春一汽买解放车,油田急等用呢。

· 399

　　王进喜憧憬着未来，心情也舒畅许多，他手扶白色栏杆，身板挺拔，虽然面容清瘦，但一双眼睛炯炯有神。这是铁人王进喜留给亿万人民的最后一个形象：朴素乐观，坚毅如铁，一派英武之气！

永远的铁人
——
百集经典故事

98

未了母子情

　　1970年4月,铁人被确诊为胃癌晚期,在北京301医院,进行了胃切除手术。

　　病中的他思念大庆,惦记着广大干部、工人和家属,也挂念自己的亲人,最放心不下的,就是母亲何占信。

　　在铁人看来,母亲一辈子吃苦受累,没享过什么福,尽管自己有孝心,但陪在她身边的时间实在太少。他也曾无数次地想过让母亲来北京探望,但又怕自己的病情吓到她,就心想着等病好了再回去看望她老人家。

　　然而,这一等就是永别。

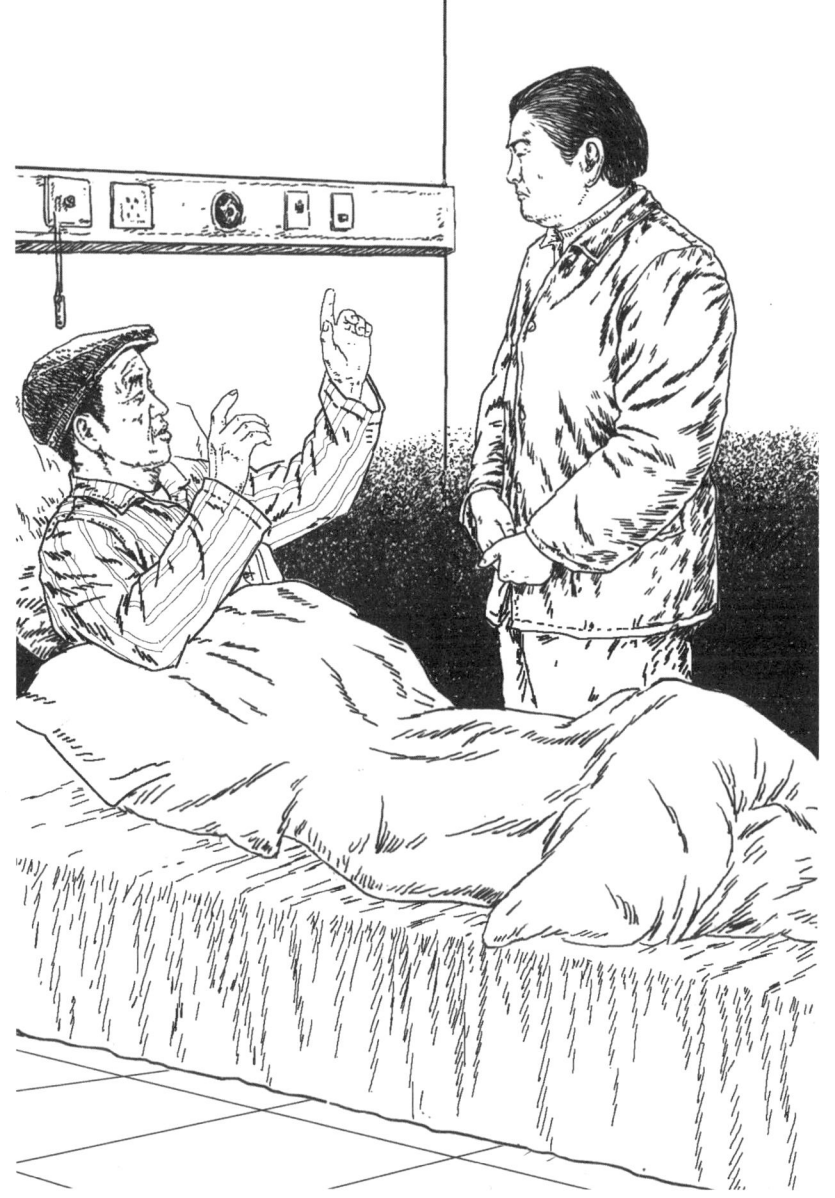

国庆节刚过,铁人的病情突然恶化。随着病情的加重,铁人更加想念母亲。

一天,铁人梦见母亲来看他,他刚扑上去准备说话,母亲突然就不见了。惊醒后,他对爱人王兰英说了这个梦境,于是,大家与铁人商量,准备把老人接到北京,让他们母子相见。

谁知临近出发,老人竟忽然得了重感冒,不得不住进医院。

千里之外的北京301医院,铁人问爱人:"妈妈来了没有?怎么还不来呢?真是急死人了。"

生命的最后一刻，铁人还在努力打起精神，盯着房门看，但他心中期待的那个人，始终没有出现。

永远的铁人
百集经典故事

99

临终交代三件事

王进喜病入膏肓,发现癌细胞转移到肝脏后,周总理下达指示,要不惜一切代价积极治疗。于是,医院立即组织专家会诊,尽力控制铁人的病情。

　　一度指挥千军万马叱咤油田的老部长康世恩悲恸难当,专程赶到北京,含泪对医生专家说:"无论如何要把铁人治好。要什么药,找什么人,你们坐镇,我去办。"老部长说干就干,大家也行动起来,四处请医讨药。

　　该请的人请了,该用的药用了,能想的办法都想了,但王进喜的病情仍不见好转。胃癌的剧痛,使他进入半昏迷状态,而他临终前所想的仍是党和国家的利益!

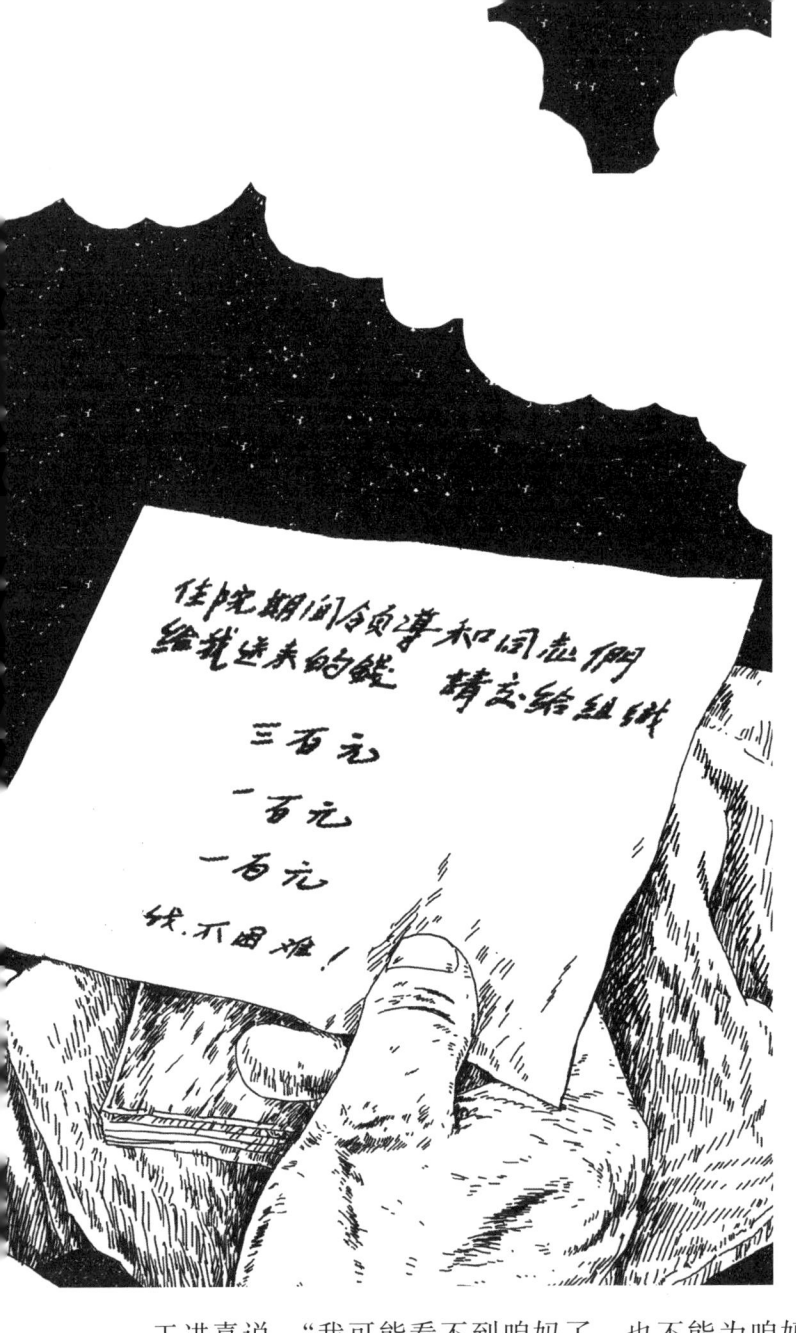

在这期间,铁人交代了三件事:

一天,他用颤抖的手,从枕边摸出一个纸包,交给探望他的一位领导,里面是他住院后各级组织给他的500元钱补助费,每一笔都记得清清楚楚。这些钱,铁人一分也没有动。他说:"请组织把它花到最需要的地方去,我不困难。"大家凝视着这张"记账单",无不为之动容。

铁人家上有老、下有小,全靠他一人的工资供养,可他心里装的永远是组织和群众,唯独没有他自己。

这一天,铁人的弟弟王进邦守在床前。王进喜费力地从衣袋里掏出300元钱,交给弟弟。

王进喜说:"我可能看不到咱妈了,也不能为咱妈做什么了,你拿回去给老妈买点奶粉吧。"

还有一天,铁人的妻子、弟弟和儿子都在,他环视着大家,虚弱地说:"万一我不行了,你们就回玉门吧,请部里领导想办法把你们办回去,其他的什么要求都不要提,不要再给组织添麻烦。"

1970年11月15日23时42分,因医治无效,王进喜的心脏停止跳动,老英雄永远地离开了我们。

永远的铁人
——
百集经典故事

100

深切悼念

　　1970年11月15日23时42分，年仅47岁的铁人因病医治无效，永远地离开了他热爱的祖国，他眷恋的大庆和他奋斗一辈子的钻井事业。

　　那一天，日理万机的周总理一直在开会，得知铁人病危的消息，他立刻离开会场赶往医院。当他在23时50分赶到时，铁人已经停止了呼吸。这位共和国开国总理来到铁人病床前，俯身深情地望着铁人，不停地念叨着："我来晚了，我来晚了！铁人呀，你怎么瘦成这个样子？"

　　周总理告别了铁人,接见了在场的家属,他鼓励大家发扬铁人精神,继承铁人遗志,干好未竟的事业,他说道:"铁人同志为石油事业的发展奉献了自己的一生,他的精神是伟大的,他的离去是石油事业的一个损失!"

　　1970年11月18日下午,"向王进喜同志告别仪式"在北京八宝山革命烈士公墓举行。铁人的骨灰被安放在八宝山公墓正堂一室。

　　1970年11月19日上午,大庆举行了一场隆重的追悼大会,一千多名大庆的干部、职工、家属、解放军指战员和学生代表,在现场沉痛悼念铁人王进喜。《战报》刊发了《关于宣传和学习"铁人"王进喜同志的决定》。1972年1月27日,《人民日报》刊发长篇通讯《中国工人阶级的先锋战士——铁人王进喜》,高度评价了王进喜的一生。

　　铁人燃烧了自己的47个春秋,用生命之火点燃大庆的"石油之光",点燃石油人"为油而战"的热情,他为祖国和人民做出的卓越贡献,将永远镌刻在中华民族的历史丰碑上。

后记

若问百年中国十大人物，作为石油人的我们第一时间就会想到铁人王进喜。的确，铁人无疑是建国70多年来最伟大的人物之一，铁人精神作为中华民族精神的重要组成部分，也荣列中国社会主义革命和建设时期共产党人精神谱系中，其影响之深远，激起革命创业的热情之巨大，持续时间之长久，都罕有匹敌者。

我们编辑出版铁人王进喜《永远的铁人——百集经典故事》绘本，缅怀他、纪念他，旨在高扬铁人旗帜，传承铁人精神。毋庸讳言，我们不是第一个为铁人著书立说的人，但我们力图突破传统的传记写作方式，突破以往名人传记的视角，而致力于做一名拾贝者，做一个雕刻者，做一个实践者。从刚开始构思这部作品，我们就只想回答一个问题，为什么铁人能从平凡中成就伟大？铁人立根于平凡，凭借自身的韧性，在艰苦与奋斗中，一步步走向伟大。从一个个生动感人的故事中，从一幅幅精美的图画中，我们能真切地感受到铁人跌宕起伏的人生旅程和心路历程，能更理性、更成熟、更全面、更细微地透视铁人精神在那个年代所代表的事业观和价值取向，能看到王进喜在那个充满光环的身影背后真实质朴的铁人形象。

为了尽可能还原所有故事原貌，我们多次走访当年曾经与铁人一起工作过的"老会战"，或许他们大多数人并没有机缘和铁人朝夕相处，只是于那个时代在铁人的带领下共同为中国石油事业默默奉献过的前辈和老者，但他们大多领略过铁人在誓师大会的讲台上振臂高呼的风采，铁人的事迹在他们这一辈石油人中口口相传。他们眼中矍铄的光芒，映透出那个时代的缩影。

白驹过隙，人才辈出，铁人和铁人精神不会随着一代人的辞世而落幕，"弘扬铁人精神"不会只成为一句宏观的口号，铁人的故事将继续流传下去，铁人的形象也会更加清晰。经过我们一言一语的聆听、一点一滴的积累、一笔一划的沉淀，《永远的铁人——百集经典故事》终于完稿，在这个伟大而特殊的时刻，为我们的心愿画上一个完整的句号。

四十七载风雨路，秦陇遗风戴月星；

寒床笑看云霾起，豪气勾勒石油情。

识字搬山学两论，钻透荒原塔灯明；

昂霄耸壑铸铁脊，懿范长存铄古今！

英雄与历史相映辉，愿铁人精神永存人间！

本书编委会

2024 年 1 月